ZWEIMONDNÄCHTE
EINE DEATHBOUND NOVELLE

JESSICA ISER

ZWEI
MOND
NÄCHTE

JESSICA ISER

Achtung!

»Zweimondnächte« enthält Schilderungen, die ggf. Reizauslöser für Betroffene sein können. Eine alphabetische Auflistung der Inhaltswarnungen findet sich auf der letzten Seite des Buches.

Bibliografische Information der Deutschen Nationalbibliothek: Die Deutsche Nationalbibliothek verzeichnet diese Publikation in der Deutschen Nationalbibliografie; detaillierte bibliografische Daten sind im Internet über http://dnb.dnb.de abrufbar.

Lektorat & Satz: Sabrina Milazzo, www.sabrinamilazzo.net
Korrektorat: Lily Magdalen, www.lily-magdalen.de
Illustrationen: Jessica Iser, www.jessicaiser.de
Cover- & Umschlaggestaltung: Juliana Fabula | Grafikdesign, www.julianafabula.de/grafikdesign
Unter Verwendung folgender Stockdaten:
shutterstock.com: Yuri Shebalius; Kseniya Ivashkevich; Maxim Vasiliev; Blazerrrsss; Slava Gerj; Alfredo Minervini

© 2022 Jessica Iser
Herstellung und Verlag: BoD – Books on Demand, Norderstedt
ISBN: 9783756213542

Für alle, die schon einmal
in die Unterwelt hinabgestiegen sind.

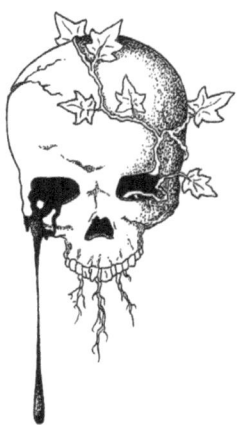

PROLOG

Es roch nach Schweiß und Sex und Alkohol. Nur ein Hauch frischer Nachtluft drängte sich durch den offenen Fensterspalt herein, begleitet von grünlichem Licht, das die Kristallgläser auf dem Tisch smaragdgrün schimmern ließ. Sie waren fast leer, nur auf dem Grund klebten noch Rotweinflecken. Aus der Ecke des Raumes kam ein Flüstern, gefolgt vom leisen Lachen zweier Frauen.

Letifer lehnte sich auf seinem Stuhl zurück, eine Decke um die Hüfte geschlungen und die Flasche mit den Überresten des Weins in der Hand. Er ließ den Blick aus dem Fenster schweifen, wo über den Dächern der Stadt zwei Vollmonde, einer silberweiß, einer grün, den Himmel einnahmen.

»Willst du für den Rest der Nacht dort sitzen bleiben?«

Ein leises Schnauben entfuhr Letifer. Er nahm einen Schluck aus der Weinflasche, bevor er sich langsam auf seinem Stuhl herumdrehte.

Sein Gefährte Sekai lag auf dem mit Fellen, Kissen und Decken überhäuften Bett, eine Frau in jedem Arm. Die beiden waren nackt, mit geröteten Wangen und weinbenetzten

Lippen, und sie hatten keine Ahnung, dass sie bald sterben würden.

Letifer runzelte die Stirn.

»Er ist immer so ernst«, sagte Sekai leise zu den beiden Frauen, wusste aber genau, dass Letifer ihn hören konnte. Dem Gehör eines Todbringers entging nur selten etwas.

»Wir sollten bald aufbrechen.«

Sekai seufzte, setzte sich jedoch auf und schlug die Decke zurück. Die Frauen hielten ihn halbherzig an den Armen fest.

»Müsst ihr wirklich schon fort?«

»Die Pflicht ruft«, sagte Sekai bedauernd, »und sie schläft nie.« Er befreite sich aus dem Griff der Liebhaberinnen und rutschte aus dem Bett. Die beiden Frauen räkelten sich am Bettrand und erfreuten sich an Sekais Rückansicht.

Letifer warf ihm mit erhobener Augenbraue seine Lederhose zu. »Zeit, zu gehen.«

Mit einem verächtlichen Geräusch trat Sekai an den Tisch und nahm Letifer die Weinflasche aus der Hand. Er machte keine Anstalten, sich anzuziehen.

»Warum hast du es so eilig? Es ist schließlich nicht so, als hätten wir nicht alle Zeit der Welt.«

Nachdenklich sah Letifer zu ihm auf. Obwohl sein Artgenosse recht hatte, lag dieses seltsame Gefühl von Veränderung in der Luft. Vielleicht lag es nur am Grünen Mond, der heute dem silbernen über das Firmament folgte; zumindest von den Sterblichen wurde Zweimondnächten eine ehrfürchtige Bedeutsamkeit beigemessen. So oder so, es gefiel ihm nicht.

»Hm«, war die einzige Antwort, die Sekai bekam, bevor Letifer aufstand und sich selbst seine schwarze Kleidung überstreifte. Er schnürte sich die Blutuhr um den Gürtel, ein gläsernes Gefäß, das sich in der Mitte verengte; das Blut schwappte unruhig darin herum und die Zähne, die es einrahmten, wirkten, als bewegten sie sich im Kerzenschein.

Sekai entging nicht, wie Letifer das Artefakt umklammerte. Seufzend fragte er: »Jetzt schon?«

»Was ist das?«, kam es vom Bett her.

Letifer warf die langen, schwarzen Haare zurück und wendete die Blutuhr, ehe er sich zu den beiden herumdrehte. »Sobald das Blut hindurchgeflossen ist, werdet ihr sterben.« Er legte den Kopf schief, als er die Verwirrung auf den Gesichtern der Frauen sah. Was für eine Verschwendung. Aber der Tod hatte es befohlen, also bekam er sie auch. »Es ist nichts Persönliches.«

Der Todbringer wandte sich ab und nickte Sekai zu. Dieser trug inzwischen seine grauen Gewänder und hatte seine eigene Blutuhr um die Hüfte geschlungen.

»Wartet«, rief eine der Frauen. Letifer wurde bewusst, dass er nicht einmal ihre Namen kannte. Aber schon morgen würden sie nur noch eine verschwommene Erinnerung in einer Aneinanderreihung endloser Tage der Ewigkeit sein. »Was soll das heißen?«

Ohne zu antworten, verließen Letifer und Sekai das Zimmer und stiegen die Treppe hinunter. Die aufgeregten Stimmen der Sterblichen folgten ihnen. Kurz darauf traten die beiden Todbringer ins grüne Mondlicht hinaus und es wurde schlagartig still hinter ihnen. Der letzte Tropfen Blut war gefallen.

9

1
DER GESCHMACK
DES TODES

Fünf Frauen hielten sich auf der Lichtung auf; Frauen in mehrlagigen Röcken und Gewändern, Blätter und Knochen im Haar, die sich zum Teil miteinander unterhielten, während sie Pilze reinigten, zum Teil klopften sie Decken aus, die über zwischen den Hütten aufgespannten Leinen hingen. Eine von ihnen war neu – die letzten Male, als Letifer den Grauen Wald aufgesucht hatte, war sie nicht hier gewesen. So war das mit Hexenzirkeln: Manchmal führten die Wege des Schicksals magiebegabte Frauen zu ihresgleichen, und wenn sie alt und voller Lebensweisheit waren, gingen sie fort, um eins mit sich selbst und der Welt zu werden. Männliche Hexer gab es nicht; wenn sie die Geburt überlebten, so verkümmerte ihre Magie meist schon in den ersten Jahren, bis sie nichts weiter als normale Sterbliche waren.

Letifer erinnerte sich an jene Nacht, als auf dieser Lichtung viel Blut vergossen worden war. Was auch immer die Hexen damals versucht hatten zu beschwören, war ihr Todesurteil gewesen. Als sie auf der Lichtung im Kreis gestanden und die zwei Monde besungen hatten, war eine nach der anderen durch Letifers Hand gestorben. Es hatte ihm, wie jeder durch seine Hand verursachte Tod, nichts bedeutet; nur einer von zahllosen Aufträgen im Laufe der Unendlichkeit. Und dennoch kehrte er hin und wieder hierher zurück, beobachtete, wie sich der Zirkel Stück für Stück mit neuen Hexen zurück ins Leben kämpfte. Denn eine hatte er damals übersehen – oder vielmehr hatte der Tod sie übersehen, denn sie war zum Zeitpunkt des Rituals nicht hier gewesen.

Dafür war sie jetzt unter den Hexen, sehr jung, fast noch ein Mädchen, mit haselnussbraunen Haaren und einem ernsten Ausdruck in den jadegrünen Augen. Hereli hieß sie, wie Letifer mitbekommen hatte. Aus irgendeinem Grund war ihr Name hängengeblieben. Aber noch war ihre Zeit nicht gekommen und das alte Blut auf der Lichtung längst versiegt. Zurück blieb nur ein eigenartiges Grau in Laub, Boden und Bäumen, weil die Hexen ihre Magie aus der Natur zogen – die Magie, die die Todbringer seit Jahrhunderten mit ihrer Anwesenheit in der Welt hinterließen. Der Wald war jedoch nicht tot, er überdauerte die Zeit, genau wie der Zirkel, der darin zu neuem Leben auferstand.

Eine Motte schwirrte an Letifer vorbei und gesellte sich zu den anderen Nachtfaltern, die, angezogen von der Magie, durch das Lager der Hexen kreisten. Aus seinen Gedanken gerissen, kehrte der Todbringer der Lichtung den Rücken zu und entfernte sich ein Stück, bis er die menschlichen Herzen hinter sich im Wald nicht mehr schlagen hören konnte. Erst dann blieb er stehen und flüsterte: »Orcus.«

Die Realität vor ihm bekam einen Riss, der sich immer weiter öffnete und grenzenlose Dunkelheit offenbarte. Ohne zu zögern, trat Letifer hindurch und stürzte in die Schatten der Unterwelt. Seine Umgebung drehte sich um die eigene Achse und ehe er sich versah, hatte er wieder festen Boden unter den Füßen. Dunkles Gestein und Knochen.

Leise bauschte sich sein Umhang auf, als Letifer mit großen Schritten einen der Höhlengänge betrat. Das grünliche Licht, das der Unterwelt ihr unheimliches Glühen verlieh, begleitete ihn, bis er in einen Raum kam, in dessen Mitte sieben steinerne Throne im Kreis standen. Zwei seiner Artgenossen, Azef und Retsinis, saßen dort und unterhielten sich, verstummten aber, als Letifer eintrat.

»Sieh an«, kommentierte Azef seine Anwesenheit, »wer sich wieder einmal dazu herablässt, die Unterwelt aufzusuchen.«

Letifer schnaubte leise. Er beschloss, die beiden zu ignorieren, und ging weiter, doch bevor er den Versammlungsraum verlassen konnte, fragte Retsinis hinter ihm verächtlich: »Wo hast du dein Anhängsel gelassen?«

Einen Moment lang schloss Letifer die Augen und presste den Kiefer zusammen, ehe er innehielt und den Kopf drehte. Retsinis starrte aus erdbraunen Augen zurück.

»Hast du nicht irgendeinen Auftrag zu erfüllen oder warum belästigst du uns hier unten mit deiner Anwesenheit?«, konterte Letifer gefährlich ruhig.

Retsinis verzog das Gesicht. »Wie langweilig.« Der Todbringer wirbelte eines seiner geschwungenen Messer durch die Luft und fing es am knöchernen Griff wieder auf. »Nicht mal für ein ordentliches Wortgefecht bist du zu haben.«

An Letifers Seite pulsierte das menschliche Herz am Schaft seines Schwertes Blutzunge. Es dürstete nach einem Kampf.

Schon oft genug hatte sich die Klinge in Retsinis' Fleisch gefressen und sein Blut getrunken. Aber es war aussichtslos; als Todbringer waren sie nahezu unsterblich und ihre Wunden schlossen sich so schnell wieder, dass ein Kampf ewig andauern konnte. Heute war Letifer nicht danach, mit Retsinis die Klingen zu kreuzen und ihm sein widerliches Grinsen aus dem Gesicht zu wischen. Neben ihm beobachtete Azef die Szene; mit seinen langen weißen Haaren und den kantigen Gesichtszügen wirkte er alterslos und erhaben, doch ein grausamer Zug lag um seine Mundwinkel.

Erneut kehrte Letifer ihnen den Rücken zu und ließ die beiden stehen. Diesmal hielten sie ihn nicht auf, als er sich auf den Weg zu seinen Gemächern machte.

Tief in den Eingeweiden der Unterwelt erreichte er schließlich die eisenbeschlagene Tür und trat ein. Er konnte nicht sagen, dass er sich gern hier aufhielt, aber es war ihm auch nicht zuwider. Vieles, was sich in den Regalen und auf dem Schreibtisch häufte, erinnerte an Begegnungen und Erlebnisse der vergangenen Jahrhunderte. Auch einige der anderen Todbringer sammelten Gegenstände, obwohl sie eigentlich keinen sentimentalen Wert besaßen – Todbringer fühlten nicht. Nicht auf die menschliche Weise. Aber Todbringer wollten Dinge *besitzen*, es bedeutete eine Art von Macht.

Letifers Blick fiel auf die Blutuhr an seiner Seite. Macht.

Mit der Abenddämmerung kam der Nebel, zunächst nahezu unsichtbar, dann breitete er sich in jeder Ritze der Stadt aus. Lautlos schritten Letifer und Sekai die Straße hinunter, das raureifüberzogene Kopfsteinpflaster schimmerte im warmen Licht der Laternen, die gerade erst vom Nachtwächter entzündet worden waren. Letifer konnte den Mann ein Stück weit die Straße hinunter spüren; sein Leuchtfeuer und das pochende Leben in ihm flohen vor der Dunkelheit.

Etwas lag in der Luft; süßlich und verdorben kroch es durch seine Atemwege und legte sich um seine Zunge. Es schmeckte nach Tod. Letifer lächelte, weil er wusste, dass er derjenige war, der ihn brachte.

Gleichzeitig erwachte etwas in der Stadt: Diebe, Gaukler, Huren und Söldner. Mooraste galt nicht umsonst als einer der schlimmsten Sündenpfuhle von Omra. Nicht selten traf Letifer hier auf einen der anderen Todbringer, aber heute Nacht gehörte die Stadt ihm. Und Sekai.

Der graue Todbringer nickte zu einem Schild, das über dem Straßenrand hing. *Wünschelkeller*. Letifer kannte die Schenke, ein Drecksloch und der Treffpunkt dunkler Machenschaften, aber hier gab es auch den besten Alkohol der Stadt.

Nacheinander stiegen die beiden Todbringer die schmucklose Treppe in den *Wünschelkeller* hinunter. Lärm aus Geschwätz, Geschirrklappern und Stühlerücken empfing sie, untermalt von einer leisen, dissonanten Lautenmelodie. Der Gewölbekeller tat sich im Schein zahlloser Tropfkerzen vor ihnen auf. Überall saßen Menschen dicht gedrängt um runde Holztische, lehnten an den Steinwänden oder an der Theke.

Letifer sah dabei zu, wie Sekai zwischen den Sterblichen hindurchschritt; keiner von ihnen nahm Notiz von dem grauen Todbringer. An der Theke stellte der Wirt gerade drei Krüge ab und bevor es jemand bemerkte, nahm Sekai zwei davon. Kaum hielt er sie in den Händen, wurden sie für die Sterblichen unsichtbar. Mit dem erbeuteten Kräuterbier kam Sekai zu Letifer zurück und reichte ihm einen Krug. Sie hielten sich im Schatten in einer Ecke des Gewölbes, während sie den Menschen beim Leben zusahen und an ihren Bieren nippten. Eine Kostprobe von Sterblichkeit.

Am anderen Ende des Raumes wurde ein Tumult laut. Zwei Männer diskutierten aggressiv miteinander und erregten allmählich die Aufmerksamkeit der gesamten Schenke. Auch der Mann, der mit seiner Laute neben der Theke saß, hielt inne und blickte auf.

Letifer runzelte die Stirn. Er hatte keine Ahnung, worum es bei dem Streit ging. Es war ihm auch egal. Dann gingen die Menschen plötzlich aufeinander los. Obwohl der dürre Große ihn mindestens um einen Kopf überragte, schlug der breitschultrige Blonde zu. Kaum hatte die Faust das Gesicht des anderen berührt, wurden Schreie und Gejohle laut. Ein paar der umstehenden Menschen machten Anstalten, dazwischenzugehen, aber die meisten feuerten die beiden Streithähne sogar noch an. Keine Sekunde später rissen sie einander zu Boden und prügelten sich.

Sekai stöhnte. »Menschen.«

Mit einem Brummen drückte Letifer seine Zustimmung aus und nippte seelenruhig an seinem Krug, während die Leute um ihn herum aufsprangen, um die Schlägerei zu beobachten.

Jemand starrte sie an. Es war ein schmächtiger, älterer Mann, der vermutlich von ihrer Reglosigkeit inmitten des

Trubels irritiert war. Dabei dürfte er sie gar nicht sehen, es sei denn –

»Ein Todgeweihter«, stellte Sekai leise fest und straffte sich.

Letifer nickte kaum merklich. Er seufzte schwer, als er in seinen halb vollen Krug starrte.

»Ich hole ihn«, sagte Sekai und drückte Letifer sein Getränk in die Hand. Er hob die Blutuhr, die an seinem Gürtel hing, und wendete sie, dann schritt er durch die unruhige Menschenmenge auf den Mann zu.

Der Todgeweihte wurde nervös, als Sekai näher kam.

Letifer verzog die Lippen, als er sich nun mit gleich zwei Krügen zurücklehnen und seinem Gefährten bei der Arbeit zusehen konnte.

»He da!«, rief der Todgeweihte aus, als Sekai langsam, aber unbeirrt zwischen den Sterblichen hindurch auf ihn zutrat. Das Ganze schien ihm nicht geheuer. Mit großen Augen wich er zurück – und geriet geradewegs in die Schlägerei, die sich im *Wünschelkeller* entfacht hatte. Zuerst wurde er geschubst und taumelte einen Schritt, noch bevor eine Faust ihn an der Schläfe traf. Der Schlag war hart genug, um ihn zu Boden gehen zu lassen. Der hässliche Laut, den sein Schädel und sein Nacken beim Aufprall an der Tischkante machten, ging für alle anderen im Lärm unter, aber Letifer wusste, dass der Mann tot war, bevor er auf dem Boden aufschlug und sich die Blutlache rasend schnell unter ihm ausbreitete.

Die Menschen um ihn herum bekamen zunächst gar nicht mit, was passiert war. Letifer leerte seinen Krug in einem Zug, der Nachgeschmack der Kräuter so bitter wie die Tatsache, dass die Sterblichen so selbstzentriert waren.

Sie liefen durch das Blut des Toten und bemerkten es nicht einmal.

Erst als Sekai mit der Seele in seinen Armen wieder neben Letifer trat, begann einer der Sterblichen zu schreien. Es dauerte eine Weile, bis er die Aufmerksamkeit der Männer erregte, die noch immer miteinander rangen. Als den Menschen endlich klar wurde, was passiert war, hatte die Seele des Toten diese Welt bereits verlassen. Letifer leerte den zweiten Krug und folgte Sekai in die Nacht hinaus.

Ihr nächster Auftrag führte sie in die ruhigeren Ausläufer von Mooraste. Am Rande der Stadt waren die Häuser kleiner, drängten sich aber ebenso dicht aneinander, als müssten sie einander stützen. Die Wände schimmerten im Mondlicht, milchig durch den Nebel. Es verlieh dem Viertel einen gespenstischen Anstrich. Hier waren zur nächtlichen Stunde keine Menschen mehr unterwegs.

Nicht ganz. Irgendwo vor ihnen im schwachen Licht der Straßenlaternen klopfte ein Herz in unregelmäßigem Takt. Jemand war mit schnellen Schritten unterwegs, die Angst auf den Fersen.

Sekai nickte Letifer zu. Sie hatten beide die Fährte aufgenommen. Ihr nächstes Opfer. Aber es waren nicht die Todbringer, vor denen sich der Sterbliche fürchtete – die hatte er noch gar nicht bemerkt. Letifer spürte die Präsenz eines anderen unsterblichen Wesens in der Nähe. Es machte Jagd auf den Menschen.

Wie zwei lebendig gewordene Schatten bewegten sich die Todbringer durch die einsamen Seitengassen. Die Jagd war eröffnet. Es gehörte nicht zu ihrem Auftrag, aber die Aussicht darauf, neben dem unbedeutenden Menschenleben auch etwas Übernatürliches zur Strecke zu bringen, löste einen gewissen Reiz aus.

Hier und da floh eine Ratte vor ihnen, während das Leben immer näherkam. Der Herzschlag war wie ein Signal in der Dunkelheit.

Sekai deutete nach oben. Auf einem der Dächer kauerte eine dürre Gestalt, deren fahle Haut sich nahezu perfekt in den Nebel einfügte. Die Reihen langer, spitzer Zähne waren gierig gebleckt. Eine Blutbestie. Den Blick starr auf den Menschen unten auf der Straße gerichtet, wartete sie regungslos wie ein steinerner Gargoyle auf ihren Moment.

Im Gegenzug fixierte Letifer die Kreatur und zückte Blutzunge. Ein sanftes Vibrieren der Erregung ging durch den Schwertgriff und sprang in seinen Arm über.

In diesem Moment stürzte sich die Blutbestie lautlos vom Dach, und der Sterbliche hatte nicht einmal Zeit, zu schreien, bevor die Blutbestie ihn hinterrücks überfiel und ihr widerliches Gebiss in seinem Nacken versenkte. Im schwachen Licht wirkte das Blut des Sterblichen nahezu pechschwarz.

Zeitgleich starteten die Todbringer ihren Angriff. Sie stoben auseinander, um die Blutbestie von beiden Seiten einzukesseln. Die Kreatur war so beschäftigt damit, den Menschen auszusaugen, dass sie die beiden Unsterblichen erst spät bemerkte. Mit einem Fauchen ließ sie den bereits leblosen Körper ihres Opfers zu Boden fallen und ging in Angriffsstellung. Aber ihre Augen huschten in den tiefen Höhlen auf der Suche nach einem Ausweg hin und her. Sie wusste, dass sie gegen die Todbringer machtlos war.

Sekai stieß sich vom Boden ab und ging mit seinem schmalen Schwert Silberdorn auf die Kreatur nieder. Sie wich blitzschnell nach hinten aus – genau, wie es die Todbringer geplant hatten. Denn Letifer war bereits hinter der Blutbestie und rammte ihr das Schwert in den Rücken. Die Klinge glitt sauber zwischen Wirbelsäule und Rippen hindurch und ragte mit frischem Blut überzogen aus der Brust wieder heraus. Die Kreatur kreischte schrill und versuchte, sich zu befreien, aber die Klinge hatte sich in ihrem Körper verkeilt.

»Nett«, kommentierte Sekai mit einem schiefen Grinsen, während er das silberne Schwert wieder in die Scheide schob. Daneben glänzte eine Reihe von Messern an seinem Gürtel. »Das Manöver hatten wir lange nicht.«

Mit einem Ruck zog Letifer seine Waffe aus der Blutbestie heraus. Sie wirbelte auf der Stelle herum, die Fratze blutverschmiert und wütend. Im nächsten Moment schlug der Kopf dumpf auf den Pflastersteinen auf, der Körper sackte kurz darauf zusammen. Mit einem Hieb hatte Letifer die Bestie enthauptet. Der Lebenssaft, den sie vor kurzem noch aus dem Sterblichen gesaugt hatte, wurde nun gierig von Blutzunge verschlungen. Binnen Sekunden war die Klinge wieder sauber.

Ein seltsames Lächeln zierte noch immer Sekais Gesicht und in seinen Augen spiegelte sich der Rausch, der auch Letifer in seltenen Momenten überkam. Wenn sie sich so schnell und gnadenlos bewegten, selbst zu Waffen wurden und sich ganz ihrem Sein hingaben. In diesen wenigen Augenblicken, kurz bevor ihre Opfer ihren letzten Atemzug aushauchten. Der Geschmack des Todes, bittersüß und voller Finsternis.

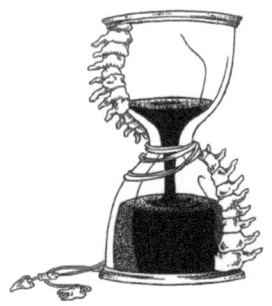

2

AM RAND DER WELT

In weiß-grauem Tosen brachen sich die Wellen an den Klippen. Hin und wieder tauchte ein Sonnenstrahl zwischen den tiefhängenden Wolken auf und ließ eine Spur Licht über die Wasseroberfläche tanzen, ansonsten blieb das Meer finster.

Hoch oben am Rande der schwarzen Felsen hockte Letifer. Es gab viele Dinge, die ihn an der Welt der Lebenden faszinierten. Die Weiten aus Wasser gehörten dazu. Dunkel und endlos wie er.

Aber heute galt seine Aufmerksamkeit der kleinen Stadt an der Küste. Sie war zum Teil in die Klippen hineingebaut worden; einige der schwarzen Steinhäuser lagen direkt am Strand, andere wiederum zwischen den scharfkantigen Felsen, waren ein Teil von ihnen. Es gab kleine Gassen und Treppen, überall Treppen. Die Stufen waren direkt in den Stein gehauen worden und führten steil hinauf. Bei Sturm, wenn die Wellen den Strand heraufpeitschten, zogen sich die Menschen, die dort lebten, in die Höhlen hinter ihren Häusern zurück. Ein Ort von rauer Schönheit.

Sekai trat hinter ihn und folgte seinem Blick.

Letifer erhob sich. Der Tod hatte sie hierher nach Windfall geführt – nicht zum ersten Mal. Aber es war lange her.

»Gehen wir«, forderte Sekai. Er sah mit zusammengekniffenen Augen aufs Meer hinaus, während ihm der Wind die grauen Haare ums Gesicht peitschte. »Die Luft schmeckt salzig und ich habe Durst.« Es war eine Floskel, denn Todbringer verspürten keinen Durst oder Hunger. Aber einige menschliche Genüsse konnten dennoch regelrecht süchtig machen.

Die warme Luft kündete von einem bald aufziehenden Gewitter. Sie schmeckte metallisch aufgeladen. In der Ferne verdichtete sich die Wolkenfront bereits. Das Unwetter würde sicher heftig werden und auch wenn weder Hitze noch Kälte den Todbringern etwas ausmachten, so zog es Letifer ebenfalls vor, die Nacht in einer trockenen Taverne mit einem Glas Wein in der Hand zu verbringen. Wenn sie überhaupt so lange blieben.

»Gehen wir«, stimmte er zu.

Als sie Windfall betraten, hatten sich die meisten Bewohner bereits in ihre Häuser zurückgezogen. An einer Leine, die zwischen zwei Fenstern über die Gasse gespannt war, flatterte die Wäsche wild im Wind umher. Vor dem dunklen Gestein der Häuser wirkten die hellen Stoffe wie Gespenster, die darum kämpften, von dieser Erde loszukommen.

Wie zu erwarten war, steuerte Sekai die einzige Taverne der Kleinstadt an. *Zum sandigen Tropfen* stand auf dem Schild, das wohl schon seit etlichen Jahren der Witterung ausgesetzt war.

Der graue Todbringer seufzte theatralisch. »Ich vergaß den furchtbaren Humor dieser Leute hier.« Er schüttelte den

Kopf, während er auf das Schild deutete. »Ob tot oder lebendig, wer möchte schon Sand in seinem Getränk haben?«

Letifer schmunzelte nur und ließ Sekai stehen, indem er die Schenke betrat. Es war still hier drin, nur die Fensterläden klapperten im Wind und die Tür fiel ins Schloss, als Sekai hinter ihm eintrat. Keine Menschenseele war hier, bis auf –

»Oh, ich hatte so früh mit niemandem gerechnet. Die meisten kommen erst bei Sturm. Aber Ihr seid nicht von hier.«

Regungslos starrten Letifer und Sekai die Frau an, die hinter der Theke auftauchte. Sie schaute die beiden argwöhnisch an, als sie nicht reagierten, dann verzog sie das Gesicht.

»Eigentlich müsstet Ihr jetzt grüßen«, sagte sie, ohne die Leichtigkeit in ihrer Stimme zu verlieren.

Sie konnte die beiden sehen. Eine Todgeweihte. Eine recht junge noch dazu, höchstens Mitte dreißig. Sie stand in der Blüte ihres Lebens, mit rosigen Wangen und wilden dunklen Haaren, und trug die für Windfall typische helle Kleidung aus Leinen; ein sandfarbenes Mieder und darunter ein Kleid in Elfenbein, so zart, dass darunter die Silhouette ihrer Beine zu erahnen war.

Sekai ergriff als Erster das Wort. »Ihr habt recht. Wir sind neu hier – auf der Durchreise, um genau zu sein – und mit den Gepflogenheiten nicht vertraut.«

»Also grüßt man dort nicht, wo Ihr herkommt?« Die Frau stemmte die Hände in die Hüften und hob eine Augenbraue.

»Selten«, erwiderte Sekai mit einem schiefen Grinsen.

Letifer starrte ihn skeptisch von der Seite an. Er wusste sofort, wann seinem Gefährten ein Mensch gefiel, und befürchtete, dass sie sich länger hier aufhalten würden, wenn er die Gesellschaft der Todgeweihten noch auskosten wollte. Seufzend ging er voraus an die Theke. Ohne Grußwort sagte er: »Eine Flasche Eures besten Weins.«

Die Frau musterte ihn einen Moment, dann nickte sie knapp. »Wie Ihr beliebt.«

Während sie durch eine Tür hinter der Theke nach nebenan verschwand, trat Sekai neben ihn. »Sie hat irgendetwas an sich ...«

Letifer verdrehte die Augen. »Oh, bitte verschone mich.«

In diesem Moment kam die Frau mit einer staubigen Flasche zurück. Blutroter Wein. Wie passend.

Kommentarlos holte sie zwei Gläser unter der Theke hervor, zog den Korken und schenkte ihnen großzügig ein. Dann schob sie den beiden Todbringern die Gläser zu und sagte: »Von dem gibt es hier nur drei Flaschen. Ich hoffe, Ihr wisst ihn zu würdigen.« Dabei sah sie explizit Letifer abschätzig an und schenkte Sekai die Andeutung eines Lächelns.

»Woher kommt Ihr?«, wollte die Frau wissen. Ihr Blick wanderte über die Kleidung und Waffen der Todbringer. »Ihr seht aus wie Söldner. Was führt euch an den Rand der Welt?«

»Möglicherweise ein Auftrag«, gab Sekai achselzuckend zurück. Er prostete ihr zu. »Oder die Aussicht.«

Die Sterbliche schnaubte amüsiert, wandte sich ab und entfernte sich. Kurz darauf begann sie, in der Taverne die Stühle von den Tischen zu heben. Sie bereitete sich auf die Ankunft ihrer Gäste vor.

Letifer nippte an seinem Wein. Nicht übel. »Was soll das werden?«, fragte er so leise, dass nur Sekai ihn hören konnte, aber er sah ihn dabei nicht an.

»Ich dachte, wir sind zum Vergnügen hier«, erwiderte Sekai leichthin. »Sagst du nicht immer, wir müssen uns an der Welt der Lebenden ergötzen?«

»Aber vielleicht in größeren Orten, wo seltsame Vorkommnisse nicht so sehr auffallen.« Letifer sah über die Schulter. Die Frau war inzwischen am anderen Ende des Raumes angekommen und stellte die letzten Stühle runter. »Wenn du dich weiter mit ihr unterhalten willst, sobald die ersten Gäste hereinkommen, wird das sicher alles andere als unauffällig.«

»Hmm. Du hast recht. Wir sollten verschwinden.«

»Vor allem sollten wir in der Nähe bleiben. Sie ist eine Todgeweihte und wir sind ihretwegen hier.«

Sekai antwortete nicht, als die Frau zurück hinter die Theke kam und die dichten Augenbrauen hob. »Und, ist der Wein nach Eurem Geschmack?«

Zur Antwort leerte Letifer sein Glas in einem Schluck, deutete ein Nicken an und wandte sich ab. Zeit, zu gehen.

Aber der andere Todbringer blieb, wo er war.

»Wie ist Euer Name?«

Letifer hielt inne, sah über die Schulter zurück und beobachtete, wie sich Sekai mit verschränkten Armen auf der Theke abstützte.

Die Frau erwiderte seinen Blick mit ihren sandfarbenen Augen forsch, als müsste sie überlegen, ob er eine Antwort verdiente. Letifer konnte goldene Sprenkel darin erkennen, wie Sonnenlicht, das sich auf der Meeresoberfläche spiegelte. Schließlich sagte sie: »Ich bin Ilayn.«

»Ilayn«, wiederholte Sekai, ließ den Klang des Namens kurz zwischen ihnen schweben, ehe er wie aus dem Nichts zwei Münzen auf die Theke legte und mit der Andeutung einer Verbeugung sagte: »Es war mir eine Ehre.«

Die junge Frau sah verwirrt zwischen ihnen beiden hin und her. »Wo wollt Ihr denn jetzt noch hin? Hab Ihr nicht gesehen, dass ein Sturm aufzieht?«

Aber Sekai hatte ihr bereits den Rücken gekehrt und folgte Letifer zum Ausgang. »Der Sturm kann uns nichts anhaben.«

Unerbittlich pfiff der Wind durch die Gassen. Die Abenddämmerung hatte noch nicht eingesetzt, aber es machte den Anschein. Die bleiernen Wolken, die nun tief über Windfall hingen, hielten das letzte Licht des Tages fern.

Unweit der Taverne saßen Letifer und Sekai auf einer Mauer und warteten. Das Auge des Sturms war fast über ihnen und der Wind zerrte an ihren Umhängen. Hinter den Fenstern der Häuser trotzte Kerzenschein der verfrühten Dunkelheit.

»Sie hat etwas Besonderes an sich …«, sinnierte Sekai vor sich hin. Sein Blick war auf die Taverne gerichtet und seine Fingerkuppen fuhren sacht über die Klinge eines seiner Messer.

Letifer warf ihm von der Seite einen skeptischen Blick zu. Die Frau – Ilayn – war attraktiv, keine Frage. Aber in ihrem endlosen Dasein begegneten sie unzähligen attraktiven Menschen. Es fiel Letifer schwer, überhaupt noch irgendwelche Sterblichen mit *etwas Besonderem* gleichzusetzen. Er schwieg. Etwas sagte ihm, dass ihr Auftrag hier Ärger nach sich ziehen würde.

Regen setzte ein. Wie kalte Nadeln prasselten die Tropfen auf ihre Haut und das sandige Gestein. Die Hitze stieg aus dem Boden auf und verbreitete einen intensiven Duft, der jedoch schon wenig später vom Wolkenbruch wieder niedergedrückt wurde. Binnen Sekunden waren die beiden Todbringer völlig durchnässt. Es kümmerte sie nicht sonderlich. Wind und Wetter zerrten an ihnen, aber sie blieben unveränderlich wie die Klippen.

Einige der Stadtbewohner eilten an ihnen vorbei, um Schutz in den Höhlen zu suchen und dort auszuharren, bis der Sturm vorübergezogen war. Andere wiederum suchten die Taverne auf. Durch die Fenster konnte Letifer sehen, wie Ilayn zwischen den Tischen hin- und hereilte, um die Anwesenden mit Getränken zu versorgen. Ein älterer Mann half ihr inzwischen bei der Bedienung aus. Ab und zu verweilte sie, um sich mit den Gästen zu unterhalten und lachte herzhaft. Hier draußen, und über das Tosen von Wind und Regen hinweg, hörte er es nicht, aber es kam ihm beinahe so vor.

»Wie wirst du sterben?«, grübelte Sekai leise und sprach damit die Frage laut aus, die Letifer sich die ganze Zeit über stellte. Es gab unzählige Möglichkeiten, aber noch trachtete ihr keine davon nach dem Leben. Wenn es darauf ankam, würde er ihr einen schnellen Tod gewähren.

Eine Zeit lang harrten die Todbringer so aus, dann öffnete sich plötzlich die Tür zur Taverne und eine Gestalt trat in den peitschenden Regen heraus. Ilayn.

Letifer merkte auf. Sie registrierte die beiden lauernden Gestalten auf der Mauer nicht, aber die Blicke der Todbringer folgten ihr durch die Dunkelheit. Was machte sie hier draußen bei Sturm? Vermutlich war ihr nicht bewusst, dass sie gerade ihr Leben riskierte – und es verlieren würde.

Sekai sprang lautlos von der Mauer und bedeutete Letifer, ihm zu folgen. Vor ihnen eilte Ilayn über die regenüberströmten Stufen in die unteren Teile von Windfall. Einmal rutschte sie aus und Letifer glaubte, jetzt wäre ihr Zeitpunkt gekommen, doch sie fing sich wieder und ging hastig weiter. Da sie ohnehin des Todes war, konnten sie mit ihren Blutuhren genauso gut kurzen Prozess machen, aber das wäre zu einfach gewesen.

Sie erreichten die unterste Häuserreihe der Stadt, die direkt zum Strand hinausging. Lediglich eine kleine Mauer trennte die Gebäude vom Strand, hatte den sich hoch auftürmenden Wellen jedoch nichts entgegenzusetzen. Das Meer streckte sich bereits nach der Stadt aus, griff immer wieder nach ihr. Der Strand war kaum noch sichtbar, so nah war das Wasser gekommen.

Ilayn klopfte wild an eine der Türen, bis sie sich öffnete. Eine gebeugte, alte Frau erschien im erleuchteten Türspalt. Ihrem Äußeren nach zu urteilen musste sie an die hundert Jahre alt sein. Es war die traurige Ironie des Todes, dass er seine Diener geschickt hatte, um heute Nacht dennoch die jüngere der beiden Frauen zu holen. Doch es hatte keinen Zweck, die Beweggründe des Todes zu hinterfragen.

»Komm rein, komm rein«, sagte die alte Frau mit dünner, aber lebensfroher Stimme.

Ilayn trat aus dem Regen, blieb aber in der Tür stehen und schien es eilig zu haben, wieder von hier zu verschwinden.

»Peitra, du solltest mit mir kommen«, sagte sie eindringlich. »Ich fürchte, heute Nacht werden die Wellen den unteren Teil der Stadt überschwemmen. Es ist hier nicht sicher.«

Die Alte winkte ab. »Meine müden Knochen bringen mich nicht mehr rauf in die Höhlen.«

»Das müssen sie auch nicht, nur bis *Zum sandigen Tropfen*. Ich helfe dir.«

»Ach, ich weiß nicht, Ilayn.« Peitra schaute an ihr vorbei in den Sturm hinaus, wo die beiden Todbringer wie Statuen auf der anderen Straßenseite standen. »Wollen wir nicht lieber hier im Trockenen bleiben? Du bist schon völlig durchnässt.«

»Nein, Peitra. Du kannst heute Nacht nicht hier unten bleiben. Alle anderen sind schon weg.« Ilayn bot ihr den Arm dar. »Es ist jetzt wichtig, dass du mit mir kommst.«

Mit einem tiefen Seufzer hakte sich die alte Frau schließlich bei ihr unter. »Also schön.« Sie senkte verschwörerisch die Stimme. »Aber versprich mir, dass ich dann eines von den guten Kräuterbieren bekomme, ja?«

Ilayn lachte und es klang genau so, wie Letifer es sich vorgestellt hatte. »Aber natürlich.«

Die beiden Todbringer zogen sich in die Schatten zwischen zwei Häusern zurück, kurz darauf streifte Ilayns Blick die Stelle, an der sie eben noch gestanden hatten.

Die beiden Frauen kamen nur langsam voran, denn der Wind zerrte an ihnen und Peitras Schritte waren winzig. Stufe für Stufe kämpften sie sich Windfall hinauf. An einigen Stellen waren die Treppen so schmal, dass die beiden nicht nebeneinander gehen konnten und Ilayn die alte Frau von hinten stützte.

Letifer und Sekai folgten ihnen in einigem Abstand über die flachen Dächer der Häuser, ohne die beiden aus den Augen zu lassen. Ihre Haare und Umhänge waren schwer und triefend vom Regen, und der Wind ließ sie wild umherwirbeln.

Und dann passierte es: Ilayn trat falsch auf, rutschte mit dem Fuß ab und verlor das Gleichgewicht. Sie fuchtelte mit den Armen, auf der Suche nach etwas, an dem sie sich festhalten konnte, aber sie kippte bereits nach hinten und die lange Treppe hinunter. Ihr Körper würde auf den steilen Stufen brechen und auf die regennasse Straße stürzen.

Zeitgleich fiel Letifer auf, dass Sekai nicht mehr an seiner Seite war – sein Schatten segelte vom Dach und im nächsten Sekundenbruchteil war er hinter Ilayn und fing sie auf. Beunruhigt richtete Letifer sich auf. Was hatte er getan?

Ilayn atmete schwer, während ihr langsam klar wurde, was gerade passiert war. Sie brauchte einen Moment, um Sekai richtig wahrzunehmen, dann erkannte sie ihn wieder.

»Danke«, brachte sie hervor. »Vielen Dank.«

Als der Todbringer sicher war, dass sie wieder einen festen Stand hatte, ließ er sie los.

»Ilayn!«, rief Peitra schrill. Die alte Frau klammerte sich an die nächste Hauswand. »Geht es dir gut?«

»Alles in Ordnung«, antwortete Ilayn. »Der Herr hat mich gerettet.«

»Der Herr?«, gab die alte Dame verwirrt zurück. »Ja, die Götter hatten ihre Hände im Spiel, scheint mir.«

»Ich …« Irritiert drehte sich Ilayn wieder zu Sekai um und zuckte zusammen, als neben ihm plötzlich auch Letifer stand. Ihre Verwirrung und der Schock über ihren Sturz wichen plötzlich einem anderen Ausdruck. Wasser tropfte unaufhörlich von ihrer Nase und in ihre Augen, aber sie schaffte es trotzdem, die beiden Todbringer misstrauisch anzusehen. »Wer seid Ihr?«

Ohne zu antworten, griff Letifer nach seiner Blutuhr, aber Sekai packte ihn am Arm und schüttelte bestimmt den Kopf.

»Nicht«, sagte er nur, aber so eindringlich, dass Letifer in der Bewegung innehielt. Dann wandte sich Sekai an Ilayn: »Passt auf dem Weg nach oben auf, wo Ihr hintretet.«

»Wartet, wer –«

Bevor Ilayn ihre Frage beenden konnte, waren die Todbringer verschwunden. Mit schnellen Bewegungen setzten sie über Mauern und Häuser hinweg, bis Letifer seinen Gefährten schließlich am Rande der Klippen einholte und herumriss.

»*Was* hast du getan?«

Sekai befreite sich aus Letifers Griff und entfernte sich ein paar Schritte, bevor er herumwirbelte. »Es ist einfach passiert. Wie ein Reflex.«

»Ein Reflex? Du hast ihren Tod verhindert.«

»Ich weiß«, zischte Sekai. Er straffte sich. »Aber sie läuft uns schließlich nicht weg, oder? Eine Nacht Aufschub bedeutet gar nichts. Morgen werde ich sie holen.«

Das genügte Letifer nicht. »Warum hast du es getan?«

Aber Sekai blieb ihm die Antwort schuldig.

Am darauffolgenden Morgen hatte Letifer bereits mehrere Seelen geholt, aber die Sache mit Ilayn ging ihm nicht aus dem Sinn. Er hatte Sekai in Windfall zurückgelassen, um sich anderen Schicksalen zuzuwenden, und kehrte einige Stunden später in die Unterwelt zurück. Eine dunkle Vorahnung begleitete ihn, als er sich auf den Weg zum Thronsaal begab. Es war aber nicht Sekai, den er in der grünlich leuchtenden Kammer antraf, sondern Rusalka.

Die Todbringerin räkelte sich mit einem schmucken Kelch in der einen und ihrer Blutuhr in der anderen Hand auf ihrem Thron. Ihre scharfen Krallen und die langen Finger wollten nicht so recht zum Rest ihres Körpers passen und erinnerten an die dämonische Gestalt, die einstmals alle Todbringer besessen hatten. Aber das war lange her, lange bevor sie sich mehr an den Menschen angeglichen hatten. Rusalka hingegen trug ihre dämonischen Merkmale hin und wieder gerne zur Schau. Ein grausames Lächeln erschien auf ihren vollen Lippen, als Letifer eintrat.

»Sieh an«, sagte sie und schlug die Beine übereinander. Sie erhob ihren Kelch und machte eine Bewegung, die die steinernen Throne um sie herum einschloss. »Kommst du, um mir Gesellschaft zu leisten?«

Am liebsten hätte Letifer sie einfach kommentarlos sitzenlassen, stattdessen fragte er: »Hast du Sekai gesehen?«

Rusalka verzog das Gesicht. »Nicht in letzter Zeit. Ich dachte, er ist immer bei dir.« Sie nippte an ihrem Kelch und hob fragend die Augenbrauen. »Sag, ist dir nicht mal nach Abwechslung?« Langsam beugte sie sich vor, sodass sich ihr Jackett leicht öffnete und den Blick auf ihr Dekolleté freigab. »Es muss doch langweilig sein, immer mit dem gleichen Todbringer das Bett zu teilen.«

Letifer starrte sie nur finster an, dann verließ er den Thronsaal durch einen der abgehenden Gänge. Rusalkas kaltes Lachen folgte ihm. Etwas an ihr stieß Letifer immer wieder ab. Er wusste, dass sie ihre Opfer gerne tötete, noch während sie sie verführte oder mit ihnen schlief. Es kümmerte ihn nicht, was sie mit den Todgeweihten machte, aber er hatte auch keinerlei Interesse daran, näher mit ihr zu verkehren, auch wenn sie es immer wieder versuchte. Für sie war er eine noch immer unerreichte Trophäe für ihre Sammlung.

Wie Eingeweide zogen sich die verschlungenen Gänge durch die Unterwelt. Es dauerte nicht lange, bis Letifer Sekais Gemächer erreichte. Er klopfte gegen die eiserne Tür, dann noch einmal fordernder. Von der anderen Seite kam keine Antwort, trotzdem drückte Letifer die Klinke hinunter und fand die Tür offen vor. Er selbst hinterließ seine Kammer immer verschlossen, wenn er die Unterwelt verließ.

In den Regalen an der Wand lagen hauptsächlich getrocknete Pflanzenteile und Zweige, und in einer Ecke wuchs etwas, das mit dunklen Ranken das Gestein emporkletterte. Die Wand gegenüber wurde von mehreren Waffen geschmückt, die Sekai in der Vergangenheit mit sich geführt hatte. Doch von dem Todbringer selbst fehlte jede Spur.

Letifer schnaubte. Er hätte längst zurück sein müssen. Was dauerte da so lange?

Gerade als er wieder gehen wollte, ertönten Schritte auf dem Gang draußen. Erwartungsvoll wandte Letifer sich um, und tatsächlich, es war Sekai, der in der Tür auftauchte und überrascht stehenblieb.

»Was hast du hier zu suchen?«

Letifer überging seine Frage. »Ist es erledigt?«

Mit einem Stöhnen trat Sekai an ihm vorbei und an das Regal. Er legte eine einzelne blaue Blume auf eines der Bretter. *Galeatris*, eine Blumenart, die entlang der Küste am Rand der Welt wuchs. Bald schon würde sie hier unten ihre Farbe verlieren und so verdorrt sein wie all die anderen Fundstücke, die Sekai gesammelt hatte.

Letifer ahnte bereits, dass dieses Souvenir und das Schweigen seines Gefährten nichts Gutes bedeuteten. Rasch schloss er die Eisentür, falls einer der anderen in der Nähe war und sie belauschte.

»Was denkst du dir dabei?«, raunte Letifer. »Du hast den Plan des Todes durchkreuzt. Nun bring es zu Ende.«

Sekai hob beschwichtigend die Hände. »Das werde ich.«

»Das hast du letzte Nacht auch gesagt.«

»Und ich habe es nur aufgeschoben«, erwiderte Sekai, dann wurde sein Blick abwesend. »Sie ist interessant. Ich möchte nur etwas mehr über sie erfahren, bevor …«

Letifer verschränkte die Arme vor der Brust. »Bevor die anderen Todbringer deinen Fehler bemerken? Oder der Tod selbst?«

»Seit wann bist du so ein Spielverderber?«

Kopfschüttelnd wandte sich Letifer zur Tür um. »Mach, was du willst. Aber du kennst die Regeln.«

»Regeln«, knurrte Sekai hinter ihm. »Seit wann kümmern dich irgendwelche Regeln? Du und ich haben gemeinsam mehr als genug gebrochen.«

Letifer blieb stehen, ohne sich herumzudrehen. »Das hier ist etwas anderes.«

Der graue Todbringer schwieg und Letifer ging ohne ein weiteres Wort. Doch während er durch die Unterwelt wanderte, zog etwas an ihm, ein Hauch von Aufregung und Verbotenem, weil endlich etwas Neues geschah. Vielleicht würde er sich Sekais Spiel eine Weile lang ansehen.

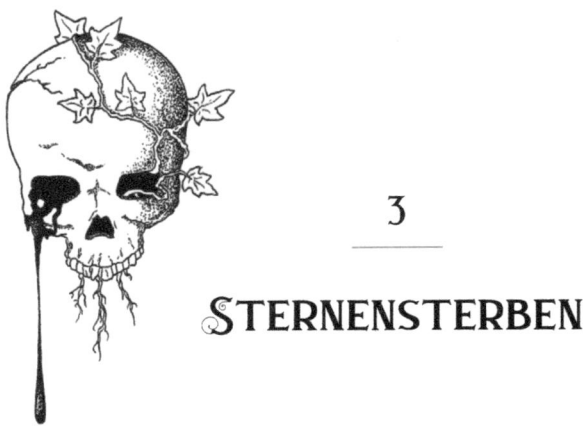

3

STERNENSTERBEN

Klebrige Schlieren zogen sich durch den dunklen Rotwein. Die beiden Flüssigkeiten wurden eins miteinander, bis der nächste Tropfen Blut in das Weinglas fiel und die Rottöne erneut durcheinanderwirbelte.

Seelenruhig betrachtete Letifer das Blutbad, das er angerichtet hatte. Er hatte dem Schicksal der Männer, die hier im Kampf gegeneinander hätten sterben sollen, auf die Sprünge geholfen. Nun tropfte Blut von der Decke auf den Tisch und machte die Mahlzeit ungenießbar. Er hatte keine Ahnung, warum die beiden Sterblichen einander beim Essen an die Gurgel gegangen waren, aber es kümmerte ihn auch nicht. Schließlich war er nur hier, um sie zu holen, nicht um ihren Tod zu hinterfragen.

Die kurze Ablenkung, die ihm das Massaker verschafft hatte, war jedoch nicht sonderlich zufriedenstellend.

Er ließ die Leichen mit den aufgeschlitzten Kehlen zurück und trat in die Nacht hinaus. Er entfernte sich durch den Vorgarten des Hauses, bis er auf die bereits schwach beleuchtete Pflasterstraße kam. Es war ein kühler Abend, dennoch tanzten Glühwürmchen am Waldrand wie gefallene Sterne im Zwielicht. Letifer bewunderte die kleinen Wesen. Gerade als er überlegte, einige davon einzufangen, kam Sekai auf ihn zu. Sein Auftrag hatte ihn nur ein paar Häuser weiter geführt.

»Ist es erledigt?«, fragte Letifer.

Sekai wischte sich einen Tropfen Blut von der Wange. »Selbstverständlich.«

Ausdruckslos starrte Letifer ihn an und sie beide wussten, woran er in diesem Moment dachte; an den Auftrag, den Sekai noch immer nicht erledigt hatte.

»Was glaubt sie eigentlich, wer du bist?«, wollte Letifer wissen.

Seite an Seite gingen sie die Straße aus dem Dorf hinaus in Richtung Wald.

»Sie weiß, wer ich bin.«

»Auch, *was* du bist?«

»Nicht im Detail.« Sekai zögerte. »Sie weiß, dass wir übernatürliche Wesen sind.«

Letifer hob eine Augenbraue. »Und dass sie eigentlich tot sein sollte …?«

Sekai schwieg und das war Antwort genug.

Sie passierten die erste Reihe der Bäume und verschmolzen mit den Schatten. Schnell blieben die Lichter der Stadt hinter ihnen zurück. Was blieb, war die abendliche Stille, das Knistern hier und da im Unterholz und die Glühwürmchen, die um sie herumschwebten und dem Wald eine surreale Magie verliehen. Nach so vielen Jahrhunderten fiel es Letifer manchmal schwer, die Schönheit in der Welt zu sehen, aber es gab sie, in Momenten wie diesen.

»Hat es nie einen Menschen gegeben, der dich fasziniert hat, Letifer?«

Der Todbringer schwieg, während er über Sekais Frage nachdachte. Unzählige sogar, aber nicht so, dass er sie für längere Zeit verschont hätte. Am Ende war er immer seiner Aufgabe nachgekommen.

Statt zu antworten, fragte er zurück: »Warum sie?«

»Ich kann dir darauf keine Antwort geben, die dich zufriedenstellen würde«, sagte Sekai. »Vielleicht ist es etwas in der Art, wie sie sich bewegt, oder einfach nur ein Gefühl ...«

»Ein Gefühl?«, wiederholte Letifer scharf.

»Ich weiß nicht, woher es kommt, und ich kann es nicht beschreiben, aber es ist da.« Sekai schien nach Worten zu suchen. »Ich weiß auch nicht, ob ich es gut oder schlecht finde. Aber bis ich das herausgefunden habe, werde ich ihr nicht den Tod bringen.«

Letifer ließ die Worte schweigend sacken. Ein Todbringer, der etwas anderes als kalte Berechnung, Mordlust und einen Jagdtrieb verspürte, war so etwas überhaupt möglich? Er konnte Lust fühlen, sicher, und auch Genuss. Eine innere Ruhe, die ihm die Einsamkeit tiefer Wälder oder eisiger Gebirge gaben, und die vielleicht an so etwas wie Frieden grenzte. Aber darüber hinaus ... Letifer dachte an das gnadenlose Töten, keine halbe Stunde her. Er hatte nichts dabei gefühlt. Keine Genugtuung, keine Reue. Das war für Todbringer nicht vorgesehen und stünde ihrer Aufgabe nur im Weg. Zorn, ja. Abscheu, und eine gewisse Zufriedenheit, die manche Tode hinterließen. Er wusste, wie sich diese Dinge anfühlten. Aber eine enge Bindung zu irgendetwas war nicht möglich. Oder?

Die Glühwürmchen um ihn herum erinnerten ihn an die vielen Exemplare von Leuchtkäfern, die er über die Jahrhunderte bereits gesammelt und in die Unterwelt mitgenommen hatte. Aus irgendeinem Grund faszinierten sie ihn. Ob auch ein Mensch diese Faszination auslösen konnte?

Letifer dachte an die vielen Jahre, die er mit Sekai bereits durch die Welt streifte, die gemeinsamen Reisen, Grausamkeiten und Liebschaften. Doch egal, wie oft er Sekais Körper oder den eines Sterblichen schon berührt hatte, es gab nie eine tiefere Bedeutung. Oder?

Allmählich begann sich der Todbringer darüber zu ärgern, dass Sekais Worte ihn sein Dasein hinterfragen ließen. Doch der Ärger verrauchte genauso schnell wieder. Bedeutungslos.

»Zeig es mir«, forderte er schließlich.

Sekai sah ihn fragend an.

»Das Leben.« Letifer hob eine Augenbraue. »Was auch immer es ist, was die Sterbliche dir zeigt. Ich will es mit eigenen Augen sehen.«

Sekai grinste schief. »Also schön. Aber es kann sein, dass du enttäuscht wirst. Manches ist für die Augen unsichtbar.«

Sie reisten durch einen Riss in der Zeit und als sie aus der Dunkelheit hervortraten, standen sie auf den Klippen von Windfall. Es kam Letifer so vor, als wären die Tage seit ihrem letzten Besuch hier nie passiert. Seither hatte sich einiges verändert, er wusste nur nicht, was es war. Doch er war hier, um es herauszufinden.

In Flieder und Gold zog sich die Abenddämmerung über den schier endlosen Himmel. Am Horizont zog bereits tiefblaue Nacht auf. Im Gegensatz zum letzten Mal war es geradezu windstill und das Meer schwieg.

Als Letifer und Sekai die Stadt durchquerten, saßen viele der Bewohner draußen auf den Mauern und sahen aufs Meer hinaus, während sie sich über die Belanglosigkeiten des Lebens unterhielten. Auch unten am Strand waren einige von ihnen unterwegs, denn die Händler stellten dort bei gutem Wetter ihre Stände auf, um Waren zu verkaufen – Obst und Gemüse, leichte Stoffwaren und getöpferte Gefäße, die bunt bemalt worden waren. Auch jetzt noch hatten einige ihren Stand nicht abgebaut, sondern Laternen und Kerzen aufgestellt, um vielleicht noch das eine oder andere zu verkaufen.

Die Tür zur Taverne und auch alle Fenster standen offen, um die salzige Abendluft hereinzulassen. Nacheinander traten die beiden Todbringer ein. Es waren nicht viele Leute da und hinter der Theke sah Ilayn auf, als sie die Neuankömmlinge bemerkte. Etwas blitzte in ihren Augen, als sie Sekai sah, aber sie wandte den Blick rasch ab, schließlich waren die Todbringer für die anderen Anwesenden unsichtbar – so viel schien sie bereits zu wissen.

Letifer folgte Sekai um die Theke herum und sah, wie sein Gefährte Ilayn zunickte, während er in den angrenzenden Raum ging. Die Todbringer durchquerten eine kleine Küche, bis Sekai in einem Lagerraum stehenblieb. Hier standen so viele Kisten und Fässer, dass das einzige Fenster an der hinteren Wand beinahe völlig verdeckt war und nur wenig Abendlicht hereinfiel.

Letifer runzelte die Stirn, aber kurz darauf gesellte sich Ilayn zu ihnen. Sie wischte die Hände an ihrem Rock ab und sah die beiden abwechselnd an.

»Was tut Ihr hier?«, fragte sie leise. Ihr Blick blieb an Letifer hängen. Sie hatte wohl nicht damit gerechnet, dass Sekai in Gesellschaft zurückkehrte – doch zumindest mit seiner Rückkehr schien sie gerechnet zu haben.

Sekai deutete mit einer beiläufigen Geste auf Letifer. »Das ist –«

»Mein Name tut nichts zur Sache.« Er beäugte Sekai durchdringend. Welchen Sinn sollte es haben, sich einem Menschen vorzustellen? Sie würde ohnehin bald tot sein.

Sekai ließ die Hand sinken. »Ihr seid euch schon begegnet.«

»Ich erinnere mich«, sagte Ilayn bedächtig, ohne Letifer aus den Augen zu lassen. Er erwiderte ihren Blick finster.

»Er ist wie ich«, fügte Sekai hinzu.

Ilayn verschränkte die Arme vor der Brust. »Das habe ich mir schon gedacht. Also, welchem Umstand verdanke ich Euren Besuch?«

»Ich schätze Eure Gesellschaft, Ilayn«, sagte Sekai seltsam ernst, dann warf er dem anderen Todbringer einen Seitenblick zu. »Und Letifer sicher auch, wenn er Euch besser kennt.«

Letifer reagierte nicht und Ilayn schüttelte lächelnd den Kopf. Was auch immer Sekai ihr erzählt hatte, was hier vor sich ging und warum die anderen Menschen die beiden nicht sehen konnten, sie schien es akzeptiert zu haben. Oder vielleicht machte sie sich auch ihren eigenen Reim darauf.

»Ihr kommt gerade rechtzeitig«, sagte sie dann. »Die Zeichen stehen gut, dass heute Nacht wieder zahllose Sterne vom Himmel fallen. Das passiert nur alle paar Jahre und es ist jedes Mal ein Spektakel.«

Das erklärte, warum so viele Menschen vor ihren Häusern saßen, obwohl Letifer sich vorstellen konnte, dass dies auch sonst bei gutem Wetter der Fall war. Schließlich gab es hier, am Rand der Welt, recht wenig zu tun.

»Das sollten wir uns ansehen«, sagte Sekai.

Letifer deutete ein Nicken an. Er hatte in seinem Dasein unzählige Sternschnuppennächte gesehen, doch Naturschauspiele waren eines der Dinge, an denen er sich nicht sattsehen konnte. Sie waren wie Magie, nur besser, geheimnisvoller.

»Also gut«, sagte Ilayn. »Ich muss zurück an die Arbeit. Aber die Taverne wird heute früher geschlossen. Ihr könnt ja schon zum Strand hinuntergehen.«

Sekai nickte. »Und Ihr?«

Ilayn lächelte ihn an und in diesem Moment schien Letifer unsichtbar für sie zu sein. »Ich werde Euch finden.«

In kleinen Grüppchen saßen die Sterblichen am Strand und starrten erwartungsvoll in den Himmel hinauf. Inzwischen war es fast dunkel, nur noch ein Fetzen Licht floh über die Klippen vor der hereinbrechenden Nacht, und die ersten Sterne funkelten am Himmel.

Bis Ilayn zu ihnen stieß, hatte Letifer bereits mehrere Sternschnuppen gesehen, auch unscheinbare in weiter Ferne, die für das menschliche Auge vermutlich kaum noch zu erahnen waren.

Ilayn trug eine Decke über dem Arm und eine Weinflasche schwang in ihrer Hand. Letifer und Sekai hatten sich hinter einem Klippenvorsprung abseits der Leute am Strand niedergelassen, sodass sich Ilayn ungestört mit ihnen unterhalten konnte. Sie breitete die Decke aus und setzte sich zu ihnen.

»Es geht schon los«, waren ihre ersten Worte, aber sie sah dabei nicht in den Himmel, sondern zu Sekai und gab ihm die Flasche.

Der graue Todbringer öffnete sie, trank einen Schluck und reichte sie Letifer. Er nahm sie entgegen und als er die Flasche an die Lippen setzte, schmeckte er bereits, dass es wieder der gute Wein war. Entweder wollte Ilayn damit ihre Wertschätzung ausdrücken oder sie besaß doch mehr Flaschen von dem Wein, als sie behauptet hatte.

Gerade als das Schweigen sich zwischen ihnen breitmachte, funkelten plötzlich unzählige Sternschnuppen am Himmel auf. Mit silbergoldenen Schweifen durchbrachen sie die Dunkelheit.

Ilayn machte ein Geräusch der Begeisterung. »Habt Ihr schon einmal etwas so Schönes gesehen?«

Hunderte Sterne fielen vom Himmel und spiegelten sich im ruhigen Meer, bevor sie darin zu versinken schienen. Immer mehr Lichter durchzogen die Nacht und funkelten in Ilayns Augen. Sekais Blick allerdings galt ihr. Bis er bemerkte, dass Letifer ihn skeptisch beobachtete. Daraufhin hob der graue Todbringer nur die Weinflasche und prostete ihm zu.

Noch immer hatte Letifer nicht verstanden, was genau sein Gefährte ihm eigentlich zeigen wollte. Vielleicht faszinierte ihn die Lebensfreude, die diese Frau ausstrahlte. Oder er sehnte sich danach, etwas bei dem Anblick des Sternensterbens zu fühlen, so wie die Sterblichen.

Letifer sah dabei zu, wie der Saum des Meeres sich träge über den Strand zog. Durch die Reflexionen hatte es den Anschein, als spülte das Wasser die gefallenen Sterne an.

Die begeisterten Stimmen der Menschen weiter drüben am Strand drangen zu ihnen herüber und Letifer wurde sich mit seltsamer Schwere bewusst, dass er nicht hierhergehörte.

»Wie lange lebt Ihr schon hier?«, hörte er Sekai fragen.

»Ich bin hier aufgewachsen.« Ilayn vergrub ihre nackten Füße im Sand. »Es hat mich auch nie von hier weggezogen.«

»Hmm«, machte Sekai, lehnte sich auf seine Unterarme zurück und ließ den Blick schweifen. »Ich kann es verstehen.«

Das entlockte Letifer ein Stirnrunzeln und Ilayn ein ungläubiges Lachen.

»Wirklich? Ich meine … Ihr seid unsterblich. Ihr könntet jeden Ort in ganz Omra und darüber hinaus besuchen.«

»Das haben wir«, sagte Sekai schlicht.

Ilayn wurde ernst und musterte ihn, als überlegte sie, ob sie ihm glauben konnte.

»Viele Male«, fügte Letifer hinzu, den Blick auf den Sternschnuppenschauer gerichtet. Es wurden bereits weniger. *Unsterbliche Wesen.* So viel wusste sie also auch.

Ilayn folgte seinem Blick und gestikulierte in Richtung des Meeres. »Dann ist das hier wohl nichts Besonderes für Euch.«

»Doch«, widersprach Sekai. Nun sah er Ilayn wieder direkt an. »Weil es einzigartig ist. Egal, wie viele Jahrhunderte schon waren oder noch kommen mögen, kein Moment gleicht diesem.«

Die Worte hallten in Letifer wider. Obwohl sein Gefährte recht hatte, blieb doch die Eintönigkeit, die das Dasein eines Todbringers mit sich brachte.

Plötzlich stand Sekai auf und streckte Ilayn die Hand entgegen. »Macht Ihr einen Spaziergang mit mir?«

Letifer sah dabei zu, wie die Sterbliche die Hand des Todbringers ergriff und sich ebenfalls erhob. Als sie Seite an Seite davongingen, ließ Sekai sie nicht los und Ilayn schien nichts dagegen zu haben. Keiner der beiden sah sich nach Letifer um und er blieb, wo er war. Er konnte nicht sagen, dass er nach seinem Besuch hier besser verstand, was Sekai ihm hatte zeigen wollen.

Mit einem großen Zug leerte der Todbringer die Flasche, steckte sie neben sich in den Sand und stand auf. Er ging auf die Klippen zu und sprach: »Orcus.«

Mit einem Riss öffnete sich das Tor zwischen den Welten und er ließ Windfall hinter sich zurück. Als er auf der anderen Seite aus den Wirbeln aus Finsternis wieder hervortrat, fand sich Letifer vor den Stadtmauern Vargunds wieder, eine Stadt, die zwischen Sumpf und Gebirge erbaut worden war. Sein nächster Auftrag erwartete ihn hier und er hoffte, dass das vertraute Blutvergießen seine wirren Gedanken zum Verstummen bringen würde. Im Ledergeschirr auf seinem Rücken pulsierte Blutzunges Herz vor Aufregung und Durst. Sie spürte seine Unruhe.

Mit schnellen Schritten passierte Letifer das Stadttor, wo die beiden Wächter keinerlei Notiz von ihm nahmen. Über den Straßen hingen Leinen mit mehreren Laternen, die der Stadt einen warmen Anstrich gaben. Hier herrschte noch reges Treiben; an jeder zweiten Ecke gab es eine Schenke, außerdem kam er an einem Nachthändler vorbei, der seine Getränke und Tabakwaren speziell zu später Stunde anbot, an einem Freudenhaus und einem kleinen Straßentheater.

Das alles interessierte ihn nicht. Sein Auftrag zog ihn tiefer in Vargunds Herz. Kaum hatte er die lebhaften Randbezirke verlassen, wurden die Häuser größer und die Straßen einsamer. Hier lebte das gut betuchte Volk. Hier würde heute Nacht jemand sterben.

Als Letifer in eine der schwächer beleuchteten Seitenstraßen abbog, dauerte es nicht lange, bis ihm drei Männer auffielen, die sich an einer Ecke herumdrückten und tuschelten. Sie schienen auf jemanden zu warten – lauerten jemandem auf. Wenige Augenblicke später erschienen zwei weitere Menschen am anderen Ende der Gasse. Eine Frau in aufreizender Kleidung und neben ihr ein Mann in edlem Gewand, der bereits leicht torkelte, als hätte er ein Glas zu viel gehabt. Die drei Männer in den Schatten schienen sich bereit zu machen, einer von ihnen zückte ein Messer. Kurz bevor die Frau und der Mann die kleine Gruppe erreichten, löste sich die Frau von ihm und die drei Männer sprangen aus den Schatten, um den angetrunkenen Edelmann zu Boden zu ringen. Er protestierte lautstark, aber gegen die Überzahl kam er nicht an.

»Ich habe ihn zu euch geführt«, sagte die Frau. »Wo ist meine Bezahlung?«

Einer der drei Männer warf ihr einen kleinen Beutel Münzen zu. »Verschwinde, Dirne. Und wehe, du plauderst.« Er deutete noch mit dem Messer auf sie, während sie bereits mit schnellen Schritten davonstöckelte.

Letifer seufzte. Er konnte sich das nicht länger ansehen. Gerade als er beschloss, dem Ganzen ein schnelles Ende zu bereiten, löste sich aus einem Schatten auf den Dächern eine Gestalt und landete lautlos hinter den drei Männern. Augenblicklich begann der Edelmann zu schreien. Die drei Männer sahen sich überrascht um, aber sie sahen den Todbringer mit den zwei langen Dolchen nicht. Nur einer hätte sich so lange von Letifer unbemerkt in der Nähe aufhalten können – Zoen, der Nachtschatten. Seine Gewänder und Haare verschmolzen förmlich mit der Dunkelheit.

Letifer zog Blutzunge und näherte sich der Gruppe.

Der andere Todbringer bemerkte ihn zuerst. »Was hast *du* hier zu suchen?«

»Das ist *mein* Opfer«, erwiderte Letifer kalt. Er hob drohend das Schwert. Ihm war danach, Unruhe zu stiften, um die in seinem Innern zum Schweigen zu bringen.

Zeitgleich wandten sich die Todbringer den Sterblichen zu, die den Edelmann am Boden anschrien, irgendwas von einem Schlüssel und verstecktem Geld von früheren Geschäften.

»Genug davon«, sagte Zoen und in der Sekunde, in der er sich offenbar entschied, auch die drei Straßenräuber zur Strecke zu bringen, bemerkten sie die zwei Todbringer. Sie fluchten, aber von beiden Seiten her versenkte Zoen bereits seine Dolche in den Rippen eines der Männer. Seine Schmerzenslaute gingen in den Schreien der anderen unter. Der Edelmann rappelte sich benommen auf, suchte eine Chance, davonzukommen, aber mit einem Schwung seines Schwertes schlitzte Letifer ihm die Kehle auf und der Mann sackte gurgelnd zu Boden. Dann wirbelte er herum und streckte aus der Bewegung heraus einen der übrigen Männer nieder. Der letzte Straßenräuber rannte davon, seine Schritte laut in der unheilvollen Gasse, aber sie verstummten jäh, als ihn ein Dolch zwischen den Schulterblättern traf. Sein Körper landete hart auf dem Pflaster und er regte sich nur noch einen Moment, bevor alles Leben aus ihm wich.

Mit gebleckten Zähnen wandte sich Letifer zu Zoen um. Er hob Blutzunge, bereit für eine Konfrontation, aber zu seiner Enttäuschung hob der Nachtschatten seinen verbliebenen Dolch und steckte ihn ein.

»Ich bin nicht hier, um gegen dich zu kämpfen«, sagte er gleichgültig.

Widerwillig steckte Letifer sein Schwert ein. Die Bestie in ihm lechzte nach einem Kampf, aber nicht, wenn sein Gegner unbewaffnet war.

»Warum kommst du mir hier in die Quere?«

Zoen ging die Straße hinunter, um seinen zweiten Dolch aus dem Rücken des Toten zu ziehen. »Du bist nicht der Einzige, der den Ruf des Todes gehört hat.«

»Du wusstest, dass ich hier bin«, warf Letifer ihm vor. Er deutete auf die Leichen. »Deinetwegen sind mehr als geplant gestorben.«

Zoen zuckte nur die Achseln. »Kollateralschaden.« Er deutete mit seinem Dolch auf Letifer, bevor er auch diesen zurück in den Gürtel schob. »Und du warst aufs Töten aus, gib es zu. Ich habe dir nur einen Gefallen getan.«

Letifer gab ein verächtliches Geräusch von sich, während der Nachtschatten langsam zu ihm zurückkam.

»Mir ist zu Ohren gekommen, dass Sekai eine menschliche Gespielin hat«, sagte Zoen beiläufig. Die schwarzen Haare hüllten sein Gesicht in Schatten, sodass Letifer seine Mimik nicht eindeutig erkennen konnte.

Der Todbringer zeigte keine Regung. »Und?«

»Sie sollte tot sein«, gab Zoen kalt zurück. »Ist Sekai etwa nicht in der Lage dazu, es zu Ende zu bringen?«

»Ich wüsste nicht, was mich das angeht.«

Zoen gab ein leises Lachen von sich. »Mach mir nichts vor, Letifer. Keiner von uns kennt Sekai so gut wie du. Ich bin mir sicher, du weißt besser Bescheid als ich.«

Letifer öffnete fragend die Arme und sah sich demonstrativ um. »Siehst du ihn hier irgendwo? Weder bin ich sein Aufpasser noch führe ich Buch darüber, wo er sich gerade aufhält.«

Ein humorloses Lächeln erschien in den Schatten von Zoens Gesicht. »Wenn du ihn das nächste Mal siehst, richte ihm aus, dass Todgeweihte in erster Linie zum Töten da sind.« Er kehrte Letifer den Rücken und fügte im Davongehen hinzu: »Nur falls er das vergessen haben sollte.«

Letifer sah dem Todbringer nach, bis er am Ende der Gasse wieder mit den Schatten verschmolz. Über ihm zogen laut krächzend zwei Nachtraben vorbei. Todesomen. Dann wandte er sich ebenfalls zum Gehen, vorbei an den Toten, die sie hier zurückgelassen hatten. In den Blutlachen spiegelten sich die Sterne.

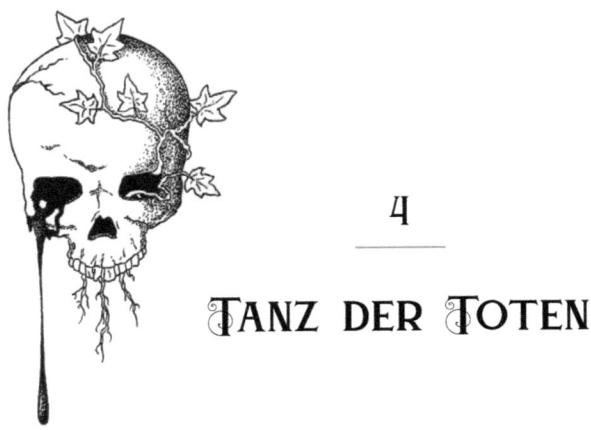

4

TANZ DER TOTEN

Die Schenke war so überfüllt, die Menschen bekamen gar nicht mit, dass Tote unter ihnen weilten. Letifer hatte die Blutuhr gewendet, sobald er über die Türschwelle getreten war. Nun lag ein Todgeweihter in seinen Armen und ein anderer in Sekais. Aber inmitten des schunkelnden, vibrierenden Tumults hätten die Toten genauso gut betrunken sein können oder im Liebestanz mit den Todbringern vereint.

Letifer warf seinem Gefährten einen vielsagenden Blick zu. Er hob die Augenbrauen, als er das Kinn in Richtung Ausgang reckte. Mit einem Nicken folgte Sekai ihm durch das Gedrängel zur Tür hinaus.

»Was hast du mit ihnen vor?«

Als Letifer über die Schulter zu seinem Gefährten zurückblickte, sah er, dass dieser den Verstorbenen in seinen Armen mit erhobenen Augenbrauen musterte, während er ihn neben sich her schleifte. Die Stiefelspitzen des Toten glitten widerstandslos über die Pflastersteine.

Mit einem Blick die menschenleere Straße hinunter schulterte Letifer seinen Toten und steuerte auf eine Gasse neben der Schenke zu. »Wir sollten sie irgendwo ablegen, wo man sie später findet. Bis dahin«, sagte er und schaute durch die beschlagenen Fensterscheiben, hinter denen die Menschen weiter arglos feierten, »können wir uns noch ein wenig die Zeit vertreiben.«

»Ah«, machte Sekai. »Deshalb wolltest du die Feierlichkeiten nicht stören.«

Letifer zuckte gleichgültig mit den Schultern. »Sobald die da drinnen die Leichen bemerkt hätten, wäre das Vergnügen vorüber gewesen. Ich brauche noch etwas Wein heute Nacht.«

Sekai lachte leise, sagte aber nichts.

Sie legten die beiden Toten ab und lehnten sie mit den Oberkörpern an die Wand. So wie sie gegeneinandersackten, hätte man sie im Vorbeigehen auch für zwei Betrunkene halten können, die hier in der stillen Gasse gemeinsam ihren Rausch ausschliefen.

»Also dann«, sagte Sekai und wandte sich ab, um wieder hineinzugehen, aber Letifer hielt ihn auf.

»Wie lange noch?«

»Wie lange noch *was*?«

Letifer schnaubte. »Du weißt, wovon ich spreche. Wird dir nicht langsam langweilig mit der Sterblichen?«

»Sie heißt Ilayn«, antwortete Sekai. Aus irgendeinem Grund beunruhigte Letifer die Reaktion. Was spielte es schon für eine Rolle, wie sie hieß? Der graue Todbringer drehte sich um und marschierte zurück Richtung Eingang. »Ich hatte schon das Vergnügen mit Azef und Retsinis. Und Zoen. Möchtest du wirklich auch noch etwas dazu sagen?«

Letifer winkte ab und sah dabei zu, wie sich Sekai zurück unter die tanzende Menschenmenge in der Schenke mischte. Das Ganze zog sich nun schon eine Woche hin. Eine Woche bedeutete für Todbringer eigentlich gar nichts. Aber Ilayn gehörte dem Tod und wer wusste schon, wie lange dieser bereit war, zu warten? Kopfschüttelnd folgte Letifer seinem Gefährten in die Schenke und ließ seine finsteren Gedanken von der lauten Musik und dem Puls sterblicher Herzen verschlingen.

Puls. Es begann leise, machte sich als sanftes Vibrieren im Boden bemerkbar, abgedämpft zwischen Moos und Wurzeln. Das sanfte Trommeln wurde zu einem konstant lauteren Echo, je tiefer Letifer in den Grauen Wald vordrang. Die Gesänge hörte er erst später, als der Feuerschein bereits zwischen den Bäumen hindurchtanzte. Wie Irrlichter sprangen die Hexen beschienen vom Feuer über die Lichtung, drehten sich um sich selbst und formten einen Kreis, ständig in Bewegung. Sie waren im Fluss mit der Musik, mit der Nacht und der Natur, die sie umgab.

Einige Meter von der Lichtung entfernt blieb der Todbringer stehen. Zu seinen Füßen zog sich ein Band aus Pilzen über den Waldboden und formte einen Ring um die Lichtung. Um seine Stiefel herum verkümmerten die grauen Pflanzen, wurden schwarz und welk, und zwei der nahestehenden Pilze warfen widerliche Blasen, bevor sie die Hüte hängenließen.

Die Hexen bekamen nichts von der Anwesenheit des Todbringers mit. Ekstatisch tanzten sie um das Lagerfeuer, einige von ihnen in luftigen Gewändern, andere hatten sich ihrer Kleider vollends entledigt und trugen nur noch Tierschädel auf den Köpfen. Über ihnen tanzten die Nachtfalter wie Aschefetzen zwischen den aufstiebenden Funken des Feuers.

Letifer sah zum Himmel auf, den sich die beiden Monde heute teilten. Eine Zweimondnacht. Das grüne Licht erzeugte das Trugbild, der ergraute Wald hätte etwas von seiner einstmals satten Farbe zurückerlangt, bevor die Hexen die Energie aus ihrer Umgebung gezogen hatten. Sein Blick fiel wieder auf den Waldboden, der abgestorben war, wo er stand. Sie waren sich nicht so unähnlich.

Vielleicht war es das, was ihn immer wieder hierher zurückführte. Vielleicht war es die Magie, die ihn anzog, oder das, was die Hexen daraus machten. Sie waren in der Lage, aus den Rückständen, die die Todbringer in der Welt hinterließen, Dinge zu erschaffen. *Er* konnte nur Dinge zerstören.

Eine andere Präsenz erregte Letifers Aufmerksamkeit, nein, mehrere, und er kehrte den Hexen den Rücken. Blutzunge sang leise, als er die Klinge aus der Scheide zog, und der Schwertgriff zitterte sacht vor Erregung in seiner Handfläche. Letifers Nasenflügel blähten sich auf, als der kaum merkliche Nachtwind den Gestank untoter Wesen herübertrug. Blutbestien waren in der Nähe. Immer wieder trieben sich die Kreaturen hier herum, angezogen von der Magie und dem Tod, den die Hexen mit sich trugen. Und angezogen von ihrem frischen, reinen Blut.

Das Trommeln hinter ihm wurde leiser, als Letifer durch den Wald schritt, direkt auf die ungebetenen Gäste zu. Sie bemerkten ihn erst, als er nur noch wenige Schritte entfernt war. Wie Tiere lauerten die Biester in den Schatten der Bäume.

Mit einem Satz sprang Letifer vor und zerschnitt zwei bleiche Kehlen, ehe seine Füße wieder den Boden berührten. Er ging in die Knie und wirbelte herum, sein Schwert nur ein Silberstreif in der Nacht. Schwarzes Blut befleckte die umstehenden Baumstämme und tropfte zäh von der grauen Rinde. Das Kreischen der Blutbestien zerriss die Nacht. Die Wunden würden die Gefallenen nicht lange aufhalten. Drei von ihnen waren noch auf den Beinen, dürre Gerippe in ihren zerschlissenen Gewändern. Eine machte Anstalten, Letifer anzugreifen, reckte ihre Klaue nach ihm. Aber schneller, als die Blutbestie reagieren konnte, säbelte der Todbringer geradewegs hindurch und drei knochige Finger landeten im Moos. Der schrille Schrei der Kreatur schmerzte in Letifers Ohren und er setzte ihr die Schwertspitze auf die Kehle. Mit ihren ausdruckslosen schwarzen Augen starrte sie den Todbringer an. Hinter ihr duckten sich die anderen beiden Blutbestien, ihre Blicke misstrauisch und wachsam auf ihn gerichtet.

»Ihr rührt die Hexen nicht an«, befahl Letifer. »Niemals.«

Mit der Klinge an ihrem Hals bleckte die Blutbestie das scharfe Gebiss. Fast wirkte es wie ein spöttisches Grinsen. Um Letifer herum regten sich die Blutbestien, die er niedergestreckt hatte. Sie hatten sich schon fast wieder regeneriert. Ohne ihnen weiter Beachtung zu schenken, schlug der Todbringer der Kreatur vor sich so hart mit der Faust ins Gesicht, dass es ihr zwei Reißzähne aus dem Kiefer schlug.

»Sie gehören mir«, sagte Letifer, eine deutliche Drohung in der Grabesstimme.

Die anderen Blutbestien kamen wieder auf die Beine und alle sieben umzingelten ihn nun mit rachsüchtigen Blicken. Sie glaubten, ohne den Überraschungseffekt wären sie in der Übermacht. Aber Letifer senkte nur sein Schwert und hob die andere Hand. Seine Blutuhr baumelte an der Kordel und die Blutbestien starrten das obszöne Gefäß mit großen Augen an. Neben menschlichen und anderen Zähnen schmückten es auch welche ihrer Art.

»Todbringer«, zischte eine der Blutbestien und schlagartig wichen alle geduckt ein Stück vor ihm zurück.

»Ich kann euch zerstören«, warnte Letifer sie. Er ließ die Blutuhr wieder sinken, sah die Bestien nacheinander an und zog die Lippen zurück. »Die Hexen gehören mir.«

Die Blutbestien fauchten und funkelten ihn an, zogen sich aber immer weiter in die Dunkelheit zurück, bis nur noch ihre Augen zu sehen waren, die das Mondlicht reflektierten. Kurz darauf erloschen auch diese und zwischen den Bäumen, wo das Licht der zwei Monde nicht hinreichte, blieb nur Finsternis zurück.

Durch die Fenster der Taverne sah er, wie Sekai und Ilayn gemeinsam über etwas lachten. Das warme Licht der letzten Kerzen, die noch erleuchtet waren, unterstrich das seltsame

Strahlen auf ihren Gesichtern. Einen Moment lang sahen sie sich nur in die Augen, ihr Lächeln erstarb und dann beugte sich Sekai über die Theke, um Ilayn zu küssen. Aber es war nicht irgendein Kuss mit irgendeiner Sterblichen. Letifer konnte sehen, wie sich Sekais Ausdruck dabei veränderte. Es gefiel ihm nicht, wie menschlich die Situation von außen betrachtet wirkte.

Ilayn legte ihm eine Hand an die Wange und schließlich lösten sie sich voneinander. Sie sagte etwas zu ihm, woraufhin er eine Verbeugung andeutete und kurz darauf den Schankraum verließ. Kaum war Sekai auf die Straße herausgetreten, drückte Letifer ihn neben der Tür gegen die Wand.

»Was soll das werden?«, zischte er.

Sekai stieß ihn von sich. »Spionierst du mir etwa nach?«

»Ich bin hier, um dich zur Vernunft zu bringen.«

»Ich weiß, was ich tue.« Der graue Todbringer entfernte sich zu den steinernen Treppen.

»Es sieht aber nicht danach aus«, erwiderte Letifer kalt und folgte ihm die Klippen hinauf. »Ich verstehe, dass die Ewigkeit hin und wieder verdammt eintönig daherkommt und du gerne eine Weile lang Mensch spielen würdest –«

»Das tue ich nicht«, unterbrach Sekai ihn finster.

»Ach nein? Dann bring dem Tod die Menschenseele, die du gestohlen hast.«

Sekai schnaubte. »Wie oft sollen wir dieses Gespräch noch führen?«

»Du hast recht, was schert es mich?« Letifer schüttelte den Kopf. Vermutlich war es purer Egoismus, aus dem er handelte. Er hatte sich an die gemeinsamen Streifzüge mit Sekai durch die Welt der Sterblichen gewöhnt. Die Geschichte mit Ilayn brachte die alten Gewohnheiten ins Wanken.

Oben auf den Klippen angekommen, wurde Sekais Miene etwas versöhnlicher. »Ich werde heute Nacht zurückkommen. Ilayn wird ein Feuer am Strand machen und mir einige Legenden aus Windfall erzählen. Wieso leistest du uns nicht Gesellschaft?«

Letifer kniff die Augen zusammen. »Du bist nicht hier, um dir Geschichten über eine götterverlassene Stadt am Meer anzuhören.«

»Vielleicht bin ich genau deshalb hier«, gab Sekai zurück und etwas funkelte in seinen Augen. »Womit könnte man sich besser die Ewigkeit vertreiben als mit Geschichten?«

Als Letifer und Sekai nach Windfall zurückkehrten, war bereits die Nacht hereingebrochen. Ein ganzes Stück den Strand runter leuchtete ein Feuer am Rande der Klippen. Vor dem dunklen Sternenhimmel zeichnete sich die Stadt nur noch als Silhouette ab und wurde beinahe eins mit den schwarzen Felsen, aus denen sie erbaut war.

Seite an Seite schlenderten die beiden Todbringer auf das Lagerfeuer zu, das sie wie Motten aus der Dunkelheit in seinen warmen Schein lockte. Ilayn saß bereits dort, in ihrem hellen Leinenkleid und mit von der Meeresluft aufgerauten Haaren. Die flackernden Flammen unterstrichen ihre natürliche Schönheit, aber wenn die Schatten in einem bestimmten

Winkel über ihr Gesicht tanzten, verwandelten sie es für Sekundenbruchteile in einen Totenschädel.

Sie bemerkte die Todbringer erst, als sie nur noch wenige Schritte entfernt waren, und begrüßte die beiden mit einem Lächeln. Sie schien nicht sonderlich überrascht darüber, Letifer zu sehen, beäugte ihn aber mit Skepsis im Blick. Letifer war erstaunt darüber, dass sie ihn und Sekai nicht fürchtete. Aber da Sekai sie gerettet hatte, glaubte sie wohl, dass sie ihr nichts Böses wollten. Zumindest für heute Nacht war dem auch so. Letifer hatte beschlossen, sich vorerst nicht einzumischen, was ihr Ableben anging. Schließlich war Sekai derjenige gewesen, der es verhindert hatte.

Sie setzten sich zu Ilayn ans Feuer und sie reichte ihnen Brot und Wein. Während er dem Tanz der Flammen zusah, das Meeresrauschen im Rücken, und Ilayns Stimme lauschte, dachte Letifer, dass es hier eigentlich ganz erträglich war. Sekai lag seitlich im Sand, den Kopf auf einer Hand abgestützt, und beobachtete Ilayns Mienenspiel, während sie düstere Legenden über die Höhlen in den Klippen erzählte. Angeblich sollte es dort spuken; nachts konnte man gespenstisches Heulen hören und einige der Bewohner berichteten von leuchtenden Augen. Letifer wusste es besser. Vor langer Zeit hatte es hier Blutbestien gegeben, bis sie sich in die Waldgebiete zurückgezogen hatten. Alles, was man heute noch in den Höhlen hören und sehen konnte, war nicht mehr als der jaulende Wind zwischen den Felsklüften und die scheuen Gestalten von Felsfüchsen. Trotzdem erzählte Ilayn die Geschichten gut und der Wein tat sein Übriges, um Letifers Anspannung zu lösen.

»Aber was langweile ich euch eigentlich damit?«, sagte Ilayn irgendwann. Ihre Wangen waren leicht gerötet und sie lachte Sekai an. »Ihr kennt doch sicher alle möglichen Geschichten dieser Welt.«

»Ich hoffe doch schwer, dass dem nicht so ist«, erwiderte der graue Todbringer schmunzelnd.

»Aber du und Letifer, ihr habt sicher schon viel erlebt, nicht wahr?«

Sekai tauschte einen Blick mit seinem Gefährten, dann machte er eine unbestimmte Kopfbewegung. »Dies und das.«

»Ihr seid immer auf Reisen, müsst niemals schlafen … Das klingt nach endlosen Möglichkeiten.« Ilayn sah aus, als versuchte sie sich vorzustellen, wie das wohl sein mochte.

»Alles endet irgendwann«, sagte Letifer. Seine tiefe Stimme ging beinahe in dem Knistern eines auseinanderbrechenden Holzscheits unter. *Alles, außer uns.*

Sekai schüttelte schnaubend den Kopf. »Ignorier ihn einfach«, sagte er mit einem schiefen Grinsen zu Ilayn. »Er ist immer so düster.«

Ilayn musterte die beiden interessiert. »Wie lange kennt ihr euch schon?«

Die Frage entlockte Letifer ein Lachen und die Sterbliche hob fragend die Augenbrauen.

»Eine Ewigkeit und einen Tag«, antwortete Sekai vage. Er sah Letifer schief von der Seite an. »Länger, als du dir vorstellen kannst.«

»Das muss schön sein, der Unendlichkeit nicht alleine gegenüberzutreten«, sinnierte Ilayn. »Dann kennt ihr euch wohl auch sehr gut.«

Nun erwiderte Letifer Sekais Blick. »Manchmal erscheint er mir wie ein Fremder.«

»Das glaube ich nicht«, sagte Ilayn kopfschüttelnd. Sie lächelte wissend. »Ihr zwei seid euch nicht fremd.«

Sekai sah aus, als müsste er kurz darüber nachdenken, dann erschien die Andeutung eines Lächelns auf seinem Gesicht. »Nein.« Er trank einen Schluck Wein, dann beugte er sich zu Letifer herüber und küsste ihn. Der Todbringer erwiderte den Kuss – es war wie ein kurzes Ringen im Kampf, nur dass sie ihre Zungen statt der Schwerter kreuzten. Einer wollte immer gewinnen, bis Sekai sich zurückzog. Letifer leckte sich über die Lippen, eine Spur von Wein blieb zurück.

Ilayn beobachtete sie interessiert, bis Sekai sich für einen Kuss zu ihr hinbeugte. Das was Letifer erkennen konnte, hatte nichts mit einem Kampf zu tun. Es war innig und zärtlich. Irgendwie menschlich.

Als Ilayn und Sekai sich voneinander lösten, sahen sie sich kurz in die Augen und zu Letifer. Auf beiden Gesichtern erschien ein verschmitztes Lächeln, als hätten sie eine stumme Absprache getroffen. Dann kroch Ilayn auf allen vieren über den Sand auf Letifer zu und legte den Kopf in den Nacken, um ihn zu küssen. Er ließ es zu. Sie schmeckte ganz anders als Sekai; ihre Lippen waren warm und er konnte ihren Puls unter der Haut spüren. Sie schmeckte nach Leben.

Als Ilayn sich wieder zurückzog, landete sie in Sekais Armen und er zog sie an sich, küsste sie erneut. Sie lachte und Sekai warf die Haare zurück, um seinen Gefährten anzusehen.

»Sie schmeckt nach dir«, sagte er augenzwinkernd und Letifer runzelte die Stirn.

Der Todbringer ließ sich in den Sand zurückfallen und blickte in den klaren Sternenhimmel hinauf. Er hörte, wie Ilayn und Sekai miteinander flüsterten wie die Wellen, die sich leise über den Strand zogen. In Momenten wie diesen war die Ewigkeit gar nicht so übel.

Tief in der Nacht kehrten sie in die Taverne zurück, Arm in Arm und losgelöst. Im Schankraum war es dunkel und wie drei Schatten schlichen sie zwischen Stühlen und Tischen hindurch.

»Ich wohne über der Schenke.« Ilayn flüsterte, obwohl niemand hier war, der sie hätte hören können. »Wollt ihr noch mit raufkommen?« Obwohl die Frage an sie beide gerichtet war, entging Letifer nicht, dass sie nur Augen für Sekai hatte.

Der graue Todbringer tauschte einen auffordernden Blick mit ihm. Letifer deutete ein Schulterzucken an, dann waren sie bereits auf dem Weg nach oben. Ilayn führte die beiden eine schmucklose Treppe hinauf, schloss die Tür am oberen Absatz auf und betrat den Wohnbereich dahinter. Es war ein großes Zimmer; das Licht der Sterne fiel von mehreren Seiten durch die Fenster und ließ die zarten Vorhänge silbrig schimmern. Ilayn nahm Sekais und Letifers Hände und zog sie in Richtung der Schlafstatt, die in der hinteren Ecke des Raumes mit Felldecken und Leinenkissen auf sie wartete. Zuerst küsste sie Sekai, dann Letifer, ehe sie mit einem leichten Lächeln ein paar Schritte zurücktrat. Sie sah den grauen

Todbringer auffordernd an, woraufhin er den Umhang sowie das lederne Jackett ablegte und sich anschließend das graue Hemd über den Kopf zog. Seine Haut war mondhell im dunklen Zimmer.

Ilayn nahm sich Zeit, seinen nackten Oberkörper zu mustern, bevor sie sich an Letifer wandte. »Jetzt du.«

Der Todbringer tat es seinem Gefährten gleich und entledigte sich seiner Kampfmontur, bis er nur noch in Lederhosen vor ihr stand. Die Blutuhr nahm er nicht ab.

Sekai trat näher an sie heran und spielte mit einer Hand am Stoff ihres Ausschnitts. »Bist du dir sicher?«, fragte er leise. Etwas, worin sich Letifer und Sekai einig waren: Sie verkehrten nicht näher mit Menschen, die sich nicht aus freien Stücken dafür entschieden.

Ilayn nickte und Sekai beugte sich zu ihr hinunter, um sie zu küssen. Im Einklang bewegten sie sich weiter auf das Bett zu, bis die Kante in Ilayns Kniekehlen stieß und sie sich auf die Felle fallen ließ. Sie kicherte leise, als Sekai sich auf allen vieren über sie beugte. Er erstickte ihre Stimme mit einem weiteren Kuss.

Letifer legte sich zu ihnen, sah dabei zu, wie sie sich küssten, und strich mit der einen Hand über Sekais Rücken, während er die andere durch Ilayns Haare gleiten ließ. Gleichzeitig schnürte Sekai Ilayns Mieder auf und wanderte mit seinen Lippen ihre Kehle hinab. Sie bäumte sich unter seinen Berührungen auf und Sekai lächelte. Aber es war anders – so viele Male hatte Letifer mit ihm Momente wie diesen erlebt, aber dieses Lächeln war neu. Es machte etwas mit seinem Blick.

Ilayn erwiderte ihn und für einige Herzschläge sahen sich die beiden nur tief in die Augen. Letifer ließ von ihnen ab und beobachtete die Szene, überzeugt davon, dass sie sein Verschwinden kaum bemerken würden. Aus irgendeinem Grund überkam ihn der Eindruck, dass er nicht hier sein sollte. Da schlang Ilayn ihre Arme um Sekai und sie verloren sich in einem Kuss, mit geschlossenen Augen, schwerem Atem und klopfenden Herzen.

Als Letifer aufstand und seine Kleidung vom Boden aufhob, hielten sie ihn nicht auf, auch nicht als er das Zimmer verließ. Er schloss die Tür hinter sich und fragte sich, was gerade passiert war. In der einen Sekunde waren sie noch zu dritt im Zimmer gewesen und in der nächsten war er ein Fremdkörper. Etwas störte ihn daran. Nicht, dass er ausgeschlossen worden war, nein, das scherte ihn nicht. Es würde genug andere Gelegenheiten geben, die Wärme eines Menschen zu spüren. Es war die Art, wie die beiden sich angesehen hatten.

Nachdenklich stieg er die Treppe hinab, und dann weiter hinab, hinab in die Unterwelt.

Im grünlichen Licht waren die beiden Untoten, die halb verfault an der Felswand lehnten, nicht mehr als dunkle Schemen. Ihr Stöhnen klang kehlig und angestrengt, als Letifer an ihnen vorbeimarschierte. Verdammte Maden. Er sehnte sich nach dem Klang des Meeres.

Schon als er in den Höhlengang einbog, konnte er die Stimmen der anderen Todbringer hören. Die Worte waren unverständlich, aber Letifer erkannte an den Tonlagen, dass alle von ihnen dort waren. Alle bis auf ihn und Sekai. Er überlegte, ob er umkehren sollte, um der unweigerlichen Konfrontation aus dem Weg zu gehen. Aber er seufzte nur und ging mit finsterer Miene weiter.

»… wird der Tod langsam unruhig«, hörte er Zoen sagen. Retsinis antwortete mit einem verächtlichen Geräusch. »Glaubst du, er interessiert sich für solche Belanglosigkeiten? Aber ich bin deiner Meinung, wir sollten sie töten und Sekai zeigen, was es bedeutet, ein Todbringer zu sein.«

Letifer horchte auf und verlangsamte seine Schritte.

»Immer mit der Ruhe«, ging Azefs gelangweilte Stimme dazwischen. »Wir werden unserem Bruder die Gelegenheit geben, seinen Fehler zu beseitigen. Bis dahin konzentriert ihr euch auf eure eigenen Aufgaben.«

»Du stinkst nach Mensch«, sagte Rusalka, als Letifer den Thronsaal betrat, und musterte ihn herablassend.

Er erwiderte ihren Blick einen Moment lang gleichgültig, bevor er sich im Kreis der Todbringer auf seinem steinernen Thron an Azefs Seite niederließ. Wie erwartet, waren sie alle hier: Azef, Zoen, Rusalka, Retsinis und auch Lacrimas, dessen stechende Augen sich kalt wie Eis auf ihn richteten.

»Ein seltener Gast in unserer Runde«, sagte Azef mit einem unergründlichen Lächeln. Seine langen weißen Finger tanzten am Ende der steinernen Armlehne, der Rest seines Körpers war absolut regungslos.

»Was hat diese Zusammenkunft zu bedeuten?«, fragte Letifer und legte den rechten Stiefel aufs linke Knie, während er seine Artgenossen der Reihe nach musterte.

»Vielleicht kannst du ja Licht ins Dunkel bringen«, sagte Rusalka. Sie musterte ihn eindringlich aus ihren Katzenaugen. Letifer erwiderte ihren Blick. Sie wandte ihren nicht ab, als versuchte sie, in seinen Kopf zu schauen. »Was willst du damit sagen?«, gab er schließlich zurück.

Rusalka sah aus, als läge ihr eine spitze Bemerkung auf der Zunge.

»Sie will sagen«, ging Azef dazwischen und hob seine mit spitzen Krallen bewehrte Hand, »dass wir inzwischen alle mitbekommen haben, dass Sekai auffallend viel Zeit in der Welt der Sterblichen verbringt. Allerdings weniger, um zu töten.« Missbilligung schärfte seine Stimme. »Ich habe ihn lange nicht gesehen. Weißt du etwas darüber?« Er fixierte Letifer lauernd.

»Was ich weiß, ist, dass ihr mich bereits zur Genüge mit eurer Fragerei belästigt habt. Wenn ihr etwas von ihm wollt, fragt ihn selbst.«

»Das würden wir«, erwiderte Azef und wies mit seiner Hand auf den leeren Thron, der neben Letifers eigenem stand, »wenn er hier wäre.«

Letifer erhob sich. »Ich kümmere mich nicht um Sekais Belange.« Er verließ den Kreis und ging auf einen der abzweigenden Gänge zu.

»Dann hoffen wir, dass wir nicht eingreifen müssen«, sagte Azef laut hinter ihm. Die Worte ließen Letifer nur den Bruchteil einer Sekunde innehalten. Sie klangen wie eine Drohung.

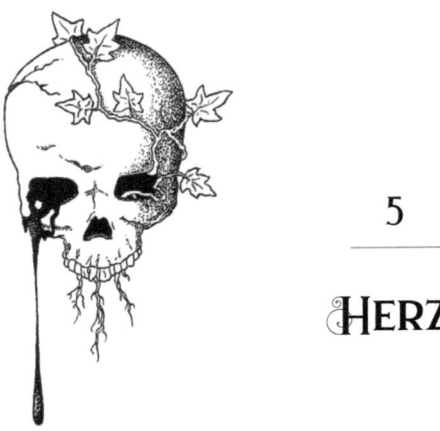

5

HERZ

Das Wasser floss kristallklar über die moosbewachsenen Felsen und stürzte keine zwei Meter weiter in die Tiefe. In dunkelroten Flocken löste sich das verkrustete Blut von Letifers Händen. Darunter kam seine knochenbleiche Haut zum Vorschein, aber auch als sie wieder sauber war, hörte er nicht auf, sie energisch im kalten Wasser des Baches zu reiben. Währenddessen dachte er darüber nach, wie er dem todgeweihten Räuber mit bloßen Händen das Leben geraubt hatte. Das Rauschen des Wasserfalls hätte genauso gut der Widerhall in seinem Kopf sein können; ein Nebel aus Gedanken verdichtete sich hinter seiner Stirn.

Schließlich richtete sich Letifer auf und fuhr sich mit den nassen Händen durch die Haare. Aus dem Spiel, das Sekai trieb, wurde allmählich bitterer Ernst. Die anderen Todbringer wurden unruhig – kein gutes Zeichen. Letifer schnaubte, dann kehrte er dem Bach mit bauschendem Umhang den Rücken zu.

»Orcus.« Auf der Stelle öffnete sich ein Riss in der Wirklichkeit und der Todbringer trat in das Nichts aus wirbelnden Schatten dahinter. Einen Augenblick später trat er auch schon wieder hinaus und anstelle der Wälder fand er sich auf den Klippen am Meer wieder. Letifer blinzelte ins helle Licht der untergehenden Sonne und näherte sich Windfall.

Von hier oben konnte er die gesamte Stadt überblicken. Er war nicht überrascht, als er zwei Gestalten erkannte: Sekai und Ilayn, die Seite an Seite auf der Steinmauer neben der Taverne saßen und aufs Meer hinausblickten. Letifer beobachtete die Szenerie mit finsterem Blick. Was immer das zwischen den beiden war, es würde nicht mehr lange gut gehen. Für keinen von ihnen. Der Todbringer begann seinen Abstieg.

Es dauerte nicht lange, bis er die Taverne erreichte. Das Abendlicht tauchte Sekai und Ilayn in ein beinahe unwirkliches Purpur. Niemand sonst war in der Nähe, sodass die beiden sich leise miteinander unterhielten, ohne dass sich jemand über Ilayns scheinbare Selbstgespräche hätte wundern können.

Sekai bemerkte Letifer, als dieser nur noch wenige Schritte entfernt war. Er sah über die Schulter und als ihre Blicke sich kreuzten, nickte Letifer ihm auffordernd zu. *Wir müssen reden.* Dem grauen Todbringer entging die Dringlichkeit in Letifers Geste nicht. Er flüsterte Ilayn etwas zu und küsste sie knapp unterhalb ihres Ohrläppchens, ehe er sich erhob, um Letifer in eine dunkle Ecke zu folgen, die von den Sonnenstrahlen nicht mehr erreicht wurde.

»Was ist los?«

»Sie werden bald hinter ihr her sein«, sagte Letifer.

Sekai bemühte sich um eine ausdruckslose Miene, aber hinter seinen Augen regte sich Unruhe. »Was weißt du?«

»Nicht viel. Aber die Todbringer sprechen über dich.«

»Hm.« Sekai neigte den Kopf. »Das ist nichts Neues.«

»Willst du erst warten, bis ihren Worten Taten folgen? Und das werden sie.«

Sekai machte ein verächtliches Geräusch. »Ach ja? Nicht einmal der Tod hat sich gerührt.«

»Und darauf willst du es ankommen lassen?«

»Es wäre eine interessante Wendung, meinst du nicht?«

Nachdenklich hob Letifer die Augenbrauen. Der Tod mischte sich nicht ein. Und wenn er es tat, hatte es nichts Gutes zu bedeuten. Dennoch … die Vorstellung, mehr als die gestaltlose Präsenz des Todes zu spüren, war auf ihre Art verlockend.

»Das könnte übel ausgehen«, sagte Letifer schließlich und nickte in Ilayns Richtung. »Wärst du auch bereit, sie in das Chaos mit hineinzuziehen?«

Sekai folgte dem Blick des Todbringers. »Hast du dich je gefragt, ob das alles ist? Das Töten bis in alle Ewigkeit.«

Schweigend starrte Letifer ihn an. Die Worte beunruhigten ihn. Sie klangen nach Zweifeln. Letifer schüttelte knapp den Kopf. Er sah keinen Grund und keinen Zweck darin, sein Dasein zu hinterfragen. Er war ein Todbringer – so war es immer gewesen und so würde es auch immer sein.

Sekai straffte sich. »Ich denke, es wird Zeit, der Unterwelt einen Besuch abzustatten.«

Tief im Herzen der Unterwelt pulsierte das grünliche Licht unruhig wie die Lebensflamme eines sterbenden Körpers. Letifer fragte seinen Gefährten nicht, wohin er wollte. Schweigend folgte er ihm die ausgetretenen Stufen hinunter. Zu ihrer Rechten verschwand die Höhlenwand schlagartig und ein scheinbar bodenloser Abgrund tat sich auf. Das andere Ende des gewaltigen Raumes war nicht zu erkennen, zu gut verbarg es sich in der Finsternis. Immer schmaler und steiler führte die steinerne Treppe in die Tiefe. Letifer war seit Ewigkeiten nicht mehr hier unten gewesen und als das Ende der Stufen und die sich bewegenden Schatten am Boden der Höhle in Sicht kamen, wurde er einmal mehr daran erinnert, warum. Wie Maden krochen die Untoten hier unten herum, während ihnen das Fleisch von den Knochen faulte oder von ihren Artgenossen aufgefressen wurde. Angewidert verzog Letifer die Mundwinkel. Kaum zu glauben, dass diese armseligen Kreaturen einstmals Lebende gewesen waren. Aber ihre Zeit auf Erden hatten sie verwirkt, sonst wären sie nicht hier gelandet, sondern in der Überwelt.

Mit langen Schritten marschierte Sekai zwischen den Untoten hindurch; der Saum seines schiefergrauen Umhangs strich über die verwesenden Körper, während ihre gequälten Laute dem Todbringer folgten. Letifer blieb auf den letzten Stufen der Treppe zurück und beobachtete Sekai skeptisch.

Der graue Todbringer machte mit ausgebreiteten Armen noch ein paar Schritte in die Höhle hinein, ehe er mit erhobener Stimme sprach: »Worauf wartest du? Hol sie dir oder bestrafe mich! Aber ich bereue nicht, ihr Leben verschont zu haben.«

Letifers Nasenflügel blähten sich alarmiert auf. Er wollte den Tod provozieren. Ein Teil von Letifer wollte seinen

Gefährten aufhalten, ein anderer war neugierig – doch er glaubte nicht daran, dass der Tod sich zeigen würde. Das tat er nie.

Doch etwas regte sich in der Dunkelheit hinter ihm. Letifer griff nach dem Schwertgriff und wirbelte herum. In seiner Handfläche schien Blutzunge leicht zitternd zum Leben zu erwachen.

Das vertraute Gesicht von Retsinis tauchte mit gefletschten Zähnen vor ihm auf. Letifer riss sein Schwert in die Höhe, als die Messer des Angreifers auf ihn niedersausten. Klirrend trafen die Klingen aufeinander und das Echo verschwand singend in den Weiten des Raumes.

Als Sekai alarmiert herumfuhr, hatte er bereits seine Waffe gezogen; Silberdorn schimmerte wie ein Lichtstrahl in der Finsternis. In Windeseile war er an Letifers Seite und richtete die Spitze der Klinge auf Retsinis' Kehlkopf.

»Was soll das werden?«, fauchte Sekai mit zusammengebissenen Zähnen, aber Retsinis grinste nur, während seine Messer und Blutzunge zwischen ihm und Letifer aneinandergepresst in der Luft zitterten. Er machte keinerlei Anstalten, zurückzuweichen.

»Genug.« Azefs kalte Stimme begleitete ihn die Treppe herunter. »Ihr benehmt euch wie Tiere.«

»Schlimmer«, kommentierte Zoen, der ihm wie ein Schatten folgte.

Mit einem Ruck warf Letifer sein Gewicht nach vorne. Retsinis hatte offenbar nicht damit gerechnet, machte einen Schritt rückwärts die Stufen hinauf, während Letifer so weit zurückwich, dass er ebenfalls mit ausgestrecktem Arm seine

Klinge auf ihn richten konnte. Mit finsterer Miene schloss Retsinis die Hände so fest um seine Dolchgriffe, dass die Fingerknöchel skelettweiß hervortraten, doch er rührte sich nicht.

In diesem Moment legte ihm Azef eine Hand auf die Schulter, um sich an ihm vorbeizuschieben; nicht um ihn zu schützen, etwas Maßregelndes lag in der Geste. In Retsinis' Augen glühte es, aber er leistete keinen Widerstand.

Letifer und Sekai ließen ihre Waffen sinken.

»Was habt ihr hier unten zu suchen?« Azefs Stimme war lauernd, während er auf sie herabblickte. Der blutrote Umhang regte sich kaum merklich; Letifer vermutete, dass der Todbringer darunter eine Hand auf den Schwertgriff legte, und spannte den Kiefer an.

»Dasselbe könnten wir euch fragen«, gab Sekai zurück und sein Blick glitt über Rusalka und Lacrimas, die weiter oben auf der Treppe herumlungerten. »Alle Todbringer beisammen, welch wunderbarer Zufall.«

Ein humorloses Lächeln zupfte an Azefs Mundwinkeln. Von Zufall konnte hier keine Rede sein und Sekais scharfer Ton entging ihm nicht. Dennoch schien Azef zu beschließen, sein Spiel weiterzuspielen, denn er sagte: »Nun, uns ist nicht entgangen, dass du ein seltener Gast in der Unterwelt geworden bist.«

Sekais Gesicht blieb ausdruckslos. »So?«

Er und Azef starrten einander schweigend an. Letifer konnte die Anspannung seines Gefährten nahezu spüren. Jeden Moment würden die beiden Todbringer aufeinander losgehen.

71

Eine Vibration ging durch das Gestein unter ihren Stiefeln, durch die Wände. Die ganze Höhle – vielleicht die gesamte Unterwelt – erzitterte unter dem dunklen Rumoren, das bis tief in Letifers Brustkorb echote.

Die sonst so emotionslosen Gesichter der Todbringer, die nun in Staunen und Ehrfurcht verzerrt waren, bestärkten Letifers Gedanken, dass nur einer dieses Beben verursacht haben konnte: der Tod.

Eine unnatürliche Lebendigkeit fuhr durch die Schatten, sodass sich der ganze Raum zu verzerren schien und gleichzeitig war in der Dunkelheit nichts zu erkennen. Nur Bewegung und die Präsenz von … *etwas.*

Es blieb still, doch in Letifers Kopf stürmte es. Ein Druck ging durch seinen Schädel, der ihn zusammenzucken ließ – genauso wie die anderen Todbringer. Sie mussten es auch spüren. *Hören.* Es war keine Stimme, aber etwas nahm ihre Gedanken ein, etwas, das sie ganz klar dazu aufforderte, zu gehorchen. Zu tun, wofür sie geschaffen worden waren. Der Tod hatte keinerlei Geduld mehr für die Streitigkeiten der Todbringer und den Ungehorsam einzelner.

Dissonante Laute mischten sich unter das Dröhnen in Letifers Kopf. Es dauerte einen Augenblick, bis er erkannte, dass es das Gejammer der Untoten war, die sich vom Boden aufbäumten oder zusammenkauerten, weil sie sich der Gegenwart des Todes bewusst wurden.

Neben ihm ging Sekai in die Knie und umklammerte mit beiden Händen seinen Kopf. Die grauen Haare verdeckten zu großen Teilen sein Gesicht, aber Letifer konnte den schmerzverzerrten Mund sehen, aufgerissen zu einem stummen Schrei.

Und dann, ebenso schlagartig, wie die Dunkelheit zum Leben erwacht war, zog sie sich wieder zurück. Nichts als leblose Schatten und das Zucken vereinzelter Untoter umgab sie mehr.

Die Todbringer richteten sich allmählich wieder zu ihrer vollen Größe auf, nur Sekai blieb auf den Knien und versuchte, seinen schweren Atem zu unterdrücken. Trotzdem entging den anderen nicht, dass der graue Todbringer stärker reagiert hatte als die anderen.

»Du«, entfuhr es Azef. Er machte einen Schritt auf ihn zu, aber Letifer trat dazwischen. »Was hat er dir gesagt?«

Langsam hob Sekai den Kopf und erwiderte Azefs Blick über Letifers Schultern mit kühlem Schweigen.

»Deinetwegen werden wir nicht des Todes Zorn auf uns ziehen«, sagte Azef gefährlich leise. »Beende das.«

In seinen Worten schwang ganz klar eine Drohung mit. Wenn Sekai es nicht beendete, würden die anderen Todbringer dafür sorgen. Und so wie Retsinis' Zähnefletschen im Hintergrund aussah –

Blitzschnell sprang Retsinis an Azef und Letifer vorbei und stürzte sich auf Sekai. Mit seinen Messern schlitzte er ihm die Brust auf, woraufhin der graue Todbringer rückwärts die letzten Stufen hinunterstolperte. Sofort setzte Retsinis ihm nach, und hinter ihm geriet Bewegung in die anderen Todbringer. Vielleicht wollten sie es hier und jetzt zu Ende bringen, zuerst Sekai und dann die Sterbliche.

Letifer zog sein Schwert, um Retsinis aufzuhalten. Dieser schien den Angriff zu spüren und wirbelte herum, doch bevor ihre Klingen aufeinandertrafen, rauschte eine allumfassende Dunkelheit an Letifer vorbei, die Retsinis die Waffen entriss. Er fiel rücklings zwischen die Knochen, die überall am Boden verstreut lagen, und riss die Augen auf, als ein gewaltiges Etwas aus wirbelnder Finsternis ihn einhüllte. Alle Geräusche schienen zu verschwinden, gleichzeitig war die Stille ohrenbetäubend. Letifer konnte seinen Artgenossen kaum noch ausmachen, hörte aber einen qualvollen Schrei, den er nie vergessen würde. Die Dunkelheit implodierte lautlos und verschwand, als wäre sie nie dagewesen. Zurück blieb nur Retsinis, die Hände über sein linkes Auge gepresst. Schwarzes Blut quoll unaufhaltsam zwischen seinen Fingern hervor.

Eisernes Schweigen lag über den Todbringern, dann –

»Los, helft ihm!«, befahl Azef den anderen und augenblicklich drängten sich Zoen und Lacrimas an Letifer vorbei, um ihren verletzten Artgenossen auf die Füße zu ziehen.

Retsinis rang wütend und schmerzerfüllt nach Luft. Die Blutung schien nicht schwächer zu werden. Womöglich heilte sie gar nicht. Eine Wunde, die nur der Tod ihnen zufügen konnte. Letifer erinnerte sich nicht daran, wann der Tod sich zuletzt derart in irgendetwas eingemischt hatte. Neben ihm schwankte Sekai leicht.

Azefs Stimme war gefährlich leise. »Das ist dein Werk.«

»Verschwindet«, sagte Letifer kalt. »Ich denke, der Tod hat sich klar ausgedrückt. Auch ihr habt eure Aufträge, also geht und lasst Sekai seinen erfüllen.«

»Das wäre auch besser für ihn.« Azef wandte sich ab und folgte den anderen Todbringern die Stufen hinauf. »Für uns alle.«

Erst als die Schritte vollends verklungen waren, drehte Letifer sich halb zu Sekai herum. Inzwischen war er wieder auf den Beinen, aber hinter seiner bemüht ausdruckslosen Miene tobte es.

»Ich will nicht wissen, welche Worte der Tod an dich gerichtet hat«, sagte Letifer. »Ich will, dass du dieses Kapitel endlich hinter dir lässt.«

Sekai starrte ihn an.

»Du hast gesehen, was er mit Retsinis gemacht hat. Willst du wirklich herausfinden, welche Bestrafung für dich vorgesehen ist?«

Wut schien seinem Gefährten auf der Zunge zu liegen, aber als er sprach, wirkte er beinahe erschüttert. »Ich weiß nicht, ob ich es kann.«

Letifer presste die Kiefer aufeinander, als er seinen Gefährten musterte. Ihm ging einiges durch den Kopf, doch das Einzige, was er sagte, war: »Dann kann ich dir nicht helfen.«

Er wandte sich ab, doch Sekai hielt ihn zurück.

»Doch, du kannst mir helfen.«

Ohne sich herumzudrehen, starrte Letifer auf die Hand seines Gefährten an seinem Ellbogen und wartete.

»Würdest du für mich ein Auge auf Ilayn haben?«

Ruckartig wandte Letifer den Kopf und starrte Sekai finster an. Bevor er ihn anfahren konnte, fügte der graue Todbringer hinzu: »Nur solange ich versuche, den Tod von ihr abzulenken. Ich erledige einige Aufträge, vielleicht steht Ilayn dann nicht mehr so sehr in seinem Fokus. Und dem der anderen.« Sein Blick verfinsterte sich. »Ich bitte dich nur, hin und wieder zu sehen, ob es ihr gut geht.«

»Wieso?«

»Wenn ich mich ihr nähere, wird es auffallen.«

»Nein«, zischte Letifer. »Wieso tust du das? Du hast Azef gehört: Beende es.«

Sekai ließ seine Hand sinken und sah ihn aus zusammengekniffenen Augen an. »Und du bist neuerdings auf seiner Seite?«

»Ich bin auf niemandes Seite!«, begehrte Letifer auf. Die lodernde Wut in seiner Brust gefiel ihm nicht. »Aber wir alle sind Todbringer. Wir *töten* Menschen.«

»Das weiß ich.« Sekai seufzte. »Und in mir schreit alles danach, es endlich zu tun, ihr Leben einfach zu beenden. Aber etwas hält mich immer wieder davon ab. Ich kann es nicht erklären und du«, er schüttelte den Kopf, »du würdest es nicht verstehen.«

»Du musst es tun.«

»Das werde ich. Ich brauche nur noch etwas mehr Zeit.« Sekai sah ihn eindringlich an. »Wirst du sie mir verschaffen?«

Letifer erwiderte Sekais Blick schweigend. Seine Kiefer pressten sich so hart aufeinander, dass er den Druck bis in die Fingerspitzen spüren konnte. Doch dann deutete Letifer ein Nicken an und er hatte keine Ahnung, warum er sich darauf einließ.

Der helle Sand federte seine Schritte. Unter seinen Stiefeln färbte er sich schwarz, aber mit jeder Windbö verloren sich die Sandkörner am Strand und hinterließen keinerlei Hinweis darauf, dass ein Todbringer hier gewandelt war.

Neben ihm ging Ilayn barfuß, in einer Hand schwangen die ledernen Pantoffeln und sie blickte aufs Meer hinaus. Es hätte den Anschein einer friedlichen Szenerie gehabt, wäre da nicht ihr leicht beschleunigter Herzschlag gewesen, der ihre innere Unruhe verriet.

»Weißt du, wo er jetzt ist?«, fragte sie, ohne Letifer anzusehen.

Der Todbringer musterte sie von der Seite. Ihrem Tonfall nach schien sie sich tatsächlich um Sekai zu sorgen. Die Anziehung, die sie als Unsterbliche mitunter auf die Lebenden hatten, war nicht neu, aber das hatte in der Regel nichts mit tiefen Gefühlen zu tun. Aber Ilayn … War es das, was seinen Gefährten so zu ihr hinzog? Das Wissen, dass er tatsächlich jemandem etwas bedeutete?

»Nein«, sagte Letifer. Er war sich sicher, dass Sekai in verschiedenen Teilen der Welt unterwegs war, um Aufträge des Todes zu erledigen. Aber das änderte nichts daran, dass die anderen Todbringer noch immer unruhig waren ob der Seele, die doch dem Tod gehörte.

Der Gedanke an den Tod führte ihn auf dunklere Pfade, in die Unterwelt, wo sich der Tod bemerkbar gemacht und seine Drohung ausgesprochen, nein, ihre Gedanken infiltriert hatte. Wann war so etwas das letzte Mal vorgekommen?

»Etwas beschäftigt dich«, stellte Ilayn plötzlich fest und holte ihn in die Wirklichkeit zurück.

Letifer erwiderte ihren Blick, ohne sich seine Überraschung anmerken zu lassen. Auch wenn ihre Gesellschaft nicht unangenehm war, sie hatten bisher nicht viel miteinander gesprochen. »Mich beschäftigt immer irgendetwas.«

Ilayn schwieg, aber er spürte, dass ihr etwas auf der Zunge lag. Der Todbringer hakte nicht nach; er wusste, dass die Sterblichen oft nicht lange an sich halten konnten. Und tatsächlich, kurz darauf sagte sie: »Du missbilligst unsere Verbindung, nicht wahr?«

Einen Moment lang ging Letifer schweigend neben ihr her. Was sollte er darauf erwidern? Es wäre ihm gleichgültig, wäre da nicht der Umstand, dass sie längst tot sein sollte. Selbst jetzt verspürte der Todbringer den natürlichen Drang, ihrem Leben ein Ende zu setzen, aber aus irgendeinem Grund stand es ihm nicht zu. Das hier war eine Sache, die Sekai erledigen musste. Er hatte Ilayns Tod verhindert, nun musste er ihn ihr auch bringen.

Letifer blieb ihr die Antwort schuldig, während sie sich weiter von Windfall entfernten. Vor ihnen schien sich der Strand ewig an den schwarzen Klippen entlang zu erstrecken.

Ilayn ließ nicht locker. »Hast du nie etwas für jemanden empfunden?«

»Todbringer fühlen nicht«, antwortete Letifer. »Nicht wie ihr Menschen.«

»Du irrst dich. Sekai ist sehr wohl zu menschlichen Gefühlen fähig.«

Allein die Tatsache, dass sie ihm widersprach, wühlte Letifer auf. Mehr noch beunruhigte ihn jedoch die Möglichkeit, dass sie recht haben könnte. Die Veränderung in Sekais Verhalten war offensichtlich.

»Was auch immer er fühlt oder nicht, ist mir völlig fremd.«

Ilayn warf ihm einen seltsamen Seitenblick zu. »Das ist traurig.«

Ein leises, humorloses Lachen entfuhr Letifer. »Allein die Vorstellung schreckt mich ab. Wenn ich mir die Menschen und ihre widersinnigen Entscheidungen anschaue …« Er schüttelte entschieden den Kopf. »Gefühle machen schwach.«

»Du irrst dich schon wieder«, sagte Ilayn, aber ihr Tonfall war gutmütig und das irritierte Letifer. Bemitleidete sie ihn etwa? Wie absurd. Sie war das bemitleidenswerte Geschöpf.

Abrupt blieb Ilayn stehen und nach ein paar Schritten hielt auch Letifer inne und sah über die Schulter.

»Wir sollten langsam zurückgehen. In wenigen Stunden geht die Sonne auf.« Sie verzog das Gesicht und schmunzelte. »Wir schwachen Menschen brauchen Schlaf.«

Letifer deutete ein Nicken an und schloss zu ihr auf. Neben ihm war Ilayn still, aber sie musste auch nichts mehr sagen, damit ihre Worte den Todbringer den gesamten Rückweg über begleiteten.

Das Morgengrauen war nicht mehr fern und Letifer beobachtete, wie sich die Farbnuancen des Himmels kaum merklich veränderten. Ein Rascheln erregte seine Aufmerksamkeit; Ilayn hatte sich die halbe Nacht hin und her gewälzt, aber diesmal war es anders, sie war wach und er hörte am Rascheln der Decken, wie sie sich aufsetzte. Letifer blieb regungslos auf dem Fensterbrett sitzen, ohne sich zu ihr herumzudrehen.

Dann durchbrach ihre Stimme die Stille. »Er ist gekommen, um mich zu holen, oder?«

Letifer wandte den Kopf und sah sie misstrauisch an. Ihm war klar, dass sie von Sekai sprach, aber was wusste sie?

»Er hat mir nichts erzählt«, sagte Ilayn, als hätte sie seine Gedanken gelesen. »Nichts Genaues jedenfalls. Aber ich bin nicht dumm.« Sie nickte zu der Blutuhr. »Dieses Ding, und dass nur ich euch sehen kann ... Es ist nicht das erste Mal.«

Das ließ Letifer überrascht die Augenbrauen heben. »Du bist zuvor schon einmal einem Todbringer begegnet?«

»Nein, nicht ich, aber mein Mann, kurz bevor er ...« Ilayn wandte den Blick ab und sah durch eines der anderen Fenster aufs Meer hinaus. In der mondlosen Nacht wirkte es tiefschwarz.

Ein Mensch hätte jetzt sein Beileid ausgesprochen, aber Letifer schwieg. Er kannte kein Mitleid, trotzdem kam ihm der Gedanke, dass Ilayn zu früh zur Witwe geworden war. Er schüttelte ihn ab.

Nach einigen Momenten des Schweigens sah Ilayn ihn wieder an. »Ich fürchte mich nicht«, sagte sie und weder ihre Stimme noch ihre Körpersprache ließen Letifer an ihren Worten zweifeln, »denn ich weiß, dass er auf der anderen Seite auf mich warten wird.«

»Und die Geschichte mit Sekai?«

Zur Überraschung des Todbringers lächelte Ilayn. »Ich weiß nicht, ob es für eine ganze Geschichte reicht, aber es ist ein schönes Kapitel.« Sie zuckte mit den Schultern. »Es ändert nichts an der Liebe zu meinem Mann. Aber solange ich lebe, darf ich auch lieben.«

Lieben. Das Wort ließ Letifers Augenbrauen zusammenfahren. Ein Mensch, der einen Todbringer liebte? Er versuchte, es sich vorzustellen, aber es gelang ihm nicht.

Eine Bewegung draußen erregte seine Aufmerksamkeit. Unten auf der Straße war einer der Schatten lebendig geworden und starrte zu ihm herauf.

Letifer erhob sich und Ilayn zuckte zusammen, als glaubte ein Teil von ihr, der Todbringer würde es hier und jetzt zu Ende bringen. Doch als er am Bett vorbei zur Tür marschierte, machte sie Anstalten, aufzustehen.

»Wohin gehst du?«

Letifer hielt kurz inne, doch er blieb ihr die Antwort schuldig, verließ den Wohnraum und stieg die Treppe hinunter, um Sekai zu treffen.

Die Dunkelheit unten im Schankraum machte den Anschein, als sei es noch tief in der Nacht; nur ein Hauch von Licht drang durch die Fenster herein und die Tisch- und Stuhlbeine warfen lange schwarzblaue Schatten auf die Holzdielen. Eine Gestalt nahm den Türrahmen ein.

Es war nicht Sekai.

Letifer erkannte seinen Irrtum, noch bevor sich die Gestalt in Bewegung setzte, und zog sein Schwert. Das Herz am Schaft pulsierte, als es mit den Klingen zusammenstieß, und Zoens Augen zwischen den schwarzen Haarsträhnen funkelten. Einen Sekundenbruchteil später machte der Nachtschatten einen Satz rückwärts und schlug einen Haken zur Seite. Er verschmolz beinahe mit der Finsternis in den Ecken.

Breitbeinig stellte sich Letifer auf, bereit für den nächsten Angriff, aber Zoen starrte nur reglos; das Gesicht war im

Dunkeln selbst für Letifer nicht zu erkennen, aber er konnte den Blick des Nachtschattens spüren.

»Ich bin nicht deinetwegen hier«, sagte er kalt.

Letifer machte sich nicht die Mühe, etwas zu erwidern.

Zoens Silhouette ergoss sich aus den Schatten, als er einen halben Schritt auf ihn zumachte. »Tritt zur Seite.«

»Nein.«

Die Fingerknöchel traten hervor, als Zoen seine Hände fester um die Messergriffe schloss. »Tritt zur Seite. Das hier ist nicht dein Kampf.«

»Deiner auch nicht.« Letifer hob das Schwert. »Und doch bist du hier.«

Lautlos machte Zoen einen Satz und die Klingen klirrten, als sie erneut aufeinandertrafen. Letifer legte all seine Kraft in Blutzunge, um Zoen zurückzustoßen. Tatsächlich wich der Todbringer ein Stück zurück und zögerte noch einmal.

»Teilst du dir die Sterbliche mit Sekai, oder was?« Er spuckte auf den Boden. »Du bist armseliger, als ich dachte.«

Letifer ließ die Provokation an sich abprallen. »Verschwinde von hier. Sekai wird sie holen, niemand anderes.«

In diesem Moment bemerkte der Todbringer den Herzschlag hinter sich. Er musste sich nicht herumdrehen, um zu wissen, dass Ilayn heruntergekommen war. Ein Teil von ihm wollte sie anfahren, auf der Stelle zu verschwinden, aber er würde Zoen nicht aus den Augen lassen. Der Nachtschatten würde nur einen Sekundenbruchteil der Unaufmerksamkeit brauchen, um der Sterblichen die Kehle aufzuschlitzen.

»Wie du willst«, sagte Zoen kaum hörbar.

Misstrauisch beobachtete Letifer, wie der andere Todbringer zurückwich. Er war überzeugt davon, dass Zoen nicht so einfach nachgeben würde. Doch der Nachtschatten kehrte ihm den Rücken zu und bewegte sich blitzschnell auf die Straße hinaus, wo die Morgendämmerung bereits Einzug hielt.

Erst dann fiel Letifer die Gestalt auf, die die Straße herunterkam: ein Mann mit Körben voller Früchte, der wohl auf dem Weg zum Strand war, um dort in aller Frühe seinen Marktstand aufzubauen. Bevor Letifer reagieren konnte, hatte Zoen dem arglosen Mann mit einem Ruck das Genick gebrochen.

Ilayn keuchte, während der Mann mit weit aufgerissenen Augen dumpf auf den Pflastersteinen aufschlug. Einige der Früchte platzten rot auf dem Boden auf oder kullerten davon. Aber da war Zoen bereits verschwunden und das Morgengrauen kehrte zu seinem verschlafenen Schweigen zurück.

»Ghiet!«, schrie Ilayn, als sie an Letifer vorbei durch die Taverne und auf die Straße hinausstürmte. Sie fiel neben dem Toten auf die Knie, ihre Hände rangen in der Luft, als wusste sie nicht, ob sie ihn berühren sollte oder nicht. »Ghiet, oh nein. Oh, ihr Monde, es tut mir so leid!« Sie schluchzte und Letifer presste die Kiefer aufeinander.

Es war noch nicht die Todeszeit des Mannes gewesen. Zoen hatte nur ein Zeichen setzen wollen.

Regungslos sah Letifer dabei zu, wie Ilayn um den Mann trauerte. Sie glaubte, dass es ihre Schuld war. Letifer ließ seinen Blick über die schwarzen Klippenwände schweifen. Zum Tagesanbruch wollte Sekai wieder hier sein. Und tatsächlich, es dauerte nicht lange, bis seine grau gewandete Gestalt auf den Stufen auftauchte. Er stockte, als er die Szenerie vor der Taverne einnahm, dann eilte er an Ilayns Seite. Sie schluchzte auf, als Sekai sich neben sie kniete und eine Hand nach ihr ausstreckte.

»Er ist tot, er ist meinetwegen tot.« Die Tränen auf ihren Wangen glitzerten in der aufgehenden Sonne. Neben ihr wirkte der graue Todbringer wie eine Grabstatue. Ein bitteres Mahnmal für den Tod, der ihr gegolten hatte.

Sekai sah sich fragend nach Letifer um; für den Bruchteil einer Sekunde schien er zu glauben, Letifer wäre für den Tod des Mannes verantwortlich. Doch er deutete nur ein Kopfschütteln an und sagte: »Zoen.«

Sekais Miene verfinsterte sich, dann wandte er sich wieder an Ilayn. »Es ist nicht deine Schuld.«

Richtig, es ist deine, schoss es Letifer durch den Kopf, doch er sparte sich den Kommentar. Er konnte in Sekais sturmgrauen Augen sehen, dass ihm seine Schuld nur allzu bewusst war.

84

6

SCHATTENTAGE

Die Schneeflocken fielen lautlos vom Himmel, tanzten im Wind, bevor sie im frischen Blut schmolzen. Hier, hoch oben in den Bergen, schien die noch warme Lache der einzige Farbtupfer im ewigen Weiß zu sein.

Als Letifer sich von dem Toten abwandte, fingen seine Augen das spärliche Mondlicht ein, und vom Waldrand her starrten mehrere reflektierende Augenpaare zurück. Der Todbringer steckte das Schwert weg; Blutzunge hatte sich gierig am frischen Lebenssaft gelabt, aber nun waren die Wölfe an der Reihe.

Langsam schritt Letifer über den gefrorenen See davon und die mageren Silhouetten des kleinen Wolfsrudels setzten sich in Bewegung. Nur ein schimmerndes Augenpaar blieb zwischen den verschneiten Nadelbäumen zurück. Letifer hatte seine Anwesenheit längst gespürt, aber er machte keine Anstalten, auf ihn zuzugehen. Er wusste, weshalb Sekai ihm gefolgt war.

Als er den Rand der Lichtung erreichte, ließ Letifer seinen Blick noch einmal über den Waldrand schweifen, aber diesmal fand er zwischen den Bäumen nichts als Dunkelheit. Letifer gab ein Schnauben von sich, bevor er in den Wald hineinging, begleitet vom leisen Knurren der fressenden Wölfe und dem Splittern menschlicher Knochen. Er hatte keine Ahnung, was der Mann hier oben im Niemandsland zu suchen gehabt hatte, aber es war sein sicherer Tod gewesen – er war bereits halb erfroren, als Letifer ihn gefunden hatte. Keine Art von Tod, die ihm Genugtuung verschaffte.

Kaum hörbare Schritte folgten ihm in einigem Abstand durch den Schnee. Letifer ignorierte sie und fragte sich zum wiederholten Male, wie er zwischen die Fronten geraten war. Nachdenklich durchquerte er den winterlichen Wald und stellte fest, dass er ein Außenseiter war – weder wollte er an der Seite der Todbringer gegen Sekai kämpfen, noch befürwortete er die Wandlung, die sein Gefährte durchmachte. Er war auf sich allein gestellt – aber es war nicht das erste Mal im Laufe seiner ewigen Existenz. So oder so, ehe er sich versah, würde Ilayn sterben; selbst wenn sie dem Tod jetzt durch Sekais Hilfe auf wundersame Weise entkam, am Ende ihres Lebens würde er auf sie warten. Und sie würde mit den Jahrhunderten in Vergessenheit geraten. Würde dann alles wieder werden, wie es gewesen war? Tief drinnen wusste Letifer, dass Sekai bereits einen Punkt überschritten hatte – er würde nie wieder derselbe Todbringer sein, mit dem Letifer die Welt der Sterblichen unsicher gemacht hatte. Aber wollte er überhaupt dorthin zurück?

Letifer schüttelte den Gedanken ärgerlich ab. Sekai hatte ihn mit seinem ständigen Hinterfragen und dem Gerede darüber, dass es *mehr* gab, bereits infiziert. Er war kurz davor, stehenzubleiben und zu warten, bis Sekai ihn einholte, um ihm zu zeigen, wie sich ein Todbringer zu verhalten hatte. Stattdessen ballte er nur die Hände zu Fäusten; unter seinem festen Griff zitterte Blutzunge.

Zu seiner Linken erstreckte sich der schier endlose gefrorene See zwischen den Bäumen. Hier und da wirbelten Schneewehen wie Geister umher und die Schraffuren im Eis wirkten wie Knochenspäne auf der dunklen Wasseroberfläche, die darunter lauerte.

Die Anwesenheit eines weiteren Todbringers drängte sich in Letifers Bewusstsein. Irgendwo auf der anderen Seite des Sees konnte er die Dunkelheit des unsterblichen Wesens spüren. Letifer hielt inne und trat zwischen der äußeren Baumlinie hervor ans gefrorene Ufer. In der Ferne erwiderte eine Gestalt seinen Blick, aber er war sich nicht sicher, welcher der Todbringer es war. Bevor Letifer reagieren konnte, brach unweit von ihm eine weitere Gestalt aus dem Wald hervor. Die grauen Gewänder flatterten wie eine Schar Fledermausflügel um Sekai herum, als er mit gezogenem Schwert über das Eis sprintete.

Letifer bleckte die Zähne. »Du Narr.« Er schaute auf Blutzunge hinunter und beobachtete dann, wie der andere Todbringer seelenruhig Sekai entgegentrat. Letifer hatte geahnt, dass die Todbringer ihn im Auge behielten, weil sie in seiner Nähe mit Sekai rechneten – und Sekai wiederum hatte das gewusst. Er konnte einer ganzen Gruppe von Todbringern kaum etwas entgegensetzen, aber einem einzelnen …

Ein Schnauben entfuhr Letifer, als er zwischen der natürlichen Gleichgültigkeit eines Todbringers und einer gewissen

Treue gegenüber seinem Gefährten schwankte. Er stieß einen Fluch aus, dann betrat er ebenfalls die Eisfläche.

Im selben Moment trafen die Waffen der beiden Todbringer inmitten des Sees aufeinander. Aus den Augenwinkeln nahm Letifer wahr, wie die Wölfe am anderen Ende des Sees angesichts des Waffenlärms auseinanderstoben und im Wald verschwanden.

Mit Blutzunge an seiner Seite rannte Letifer auf die beiden Todbringer zu. Er erkannte den zweiten als Lacrimas, dessen weiße Haare sich aus der Kapuze befreiten und ihm wie eine Schneewehe in die Angriffsbewegungen folgten. Der Kampf glich einem tödlichen Tanz, in dem beide um die Führung rangen. Es war offensichtlich, dass dies kein belangloses Kräftemessen zwischen zwei gelangweilten Todbringern war. Mit der Härte ihrer Schläge wollten sie einander die Kehlen aufschlitzen – oder die Blutuhr des jeweils anderen zerschlagen. Letifer fragte sich, ob sie tatsächlich so weit gehen würden, ihrem Gegner die Unsterblichkeit zu rauben, wenn sie die Gelegenheit dazu bekämen. Es sah ganz danach aus.

Sekai und Lacrimas entging nicht, dass Letifer fast bei ihnen war, und beide schienen nicht eindeutig sicher, auf wessen Seite sich Letifer schlagen würde. Kurz bevor er die beiden erreichte, ließ er sich zurückfallen und schlitterte mit den Füßen voran über die gefrorene Fläche. Letifer stieß Blutzunge nach unten; beinahe mühelos fraß sich die Klinge tief in die Eisdecke. Sekai und Lacrimas stoben auseinander, als Letifer zwischen den beiden hindurchrutschte und ein Riss sich hinter ihm herzog. Das finstere Wasser sprudelte aus dem Schlitz hervor wie Blut aus einer geöffneten Ader.

Letifer zog das Schwert aus dem Eis, wirbelte herum und kam wieder auf die Füße. Er rutschte noch ein Stück weiter, bevor er mit ausgebreiteten Armen wieder auf die Füße kam und die beiden anderen Todbringer mit glühenden Augen fixierte. Sie ließen sich nur kurz von Letifers Vorstoß ablenken, ehe sie sich wieder über die gespaltene Eisfläche hinweg anstarrten. Eine Blutspur zog sich über Lacrimas' Brust, die zugehörige Wunde hatte sich bereits wieder verschlossen.

»Misch dich nicht ein«, zischte der Todbringer mit den mondhellen Augen, ohne Sekai aus den Augen zu lassen.

Letifer richtete sich zu voller Größe auf. »Das habe ich jetzt oft genug gehört.« Er spürte das vertraute Kribbeln in seiner Handfläche, die sich um den Schwertgriff schloss – Blutzunge dürstete nach einem Kampf und er auch.

Zur Antwort griff Lacrimas an. Die gebogene Klinge schimmerte über seinem Kopf wie eine Mondsichel, als er sich mit einem Satz auf Letifer warf. Dieser riss Blutzunge noch oben, bevor sich Lacrimas' Waffe in seine Brust bohren konnte. Die Klingen zitterten unter dem Druck; ein Moment stillen Kampfes. Letifer fletschte die Zähne.

Ein grauer Schatten fegte vorbei und riss Lacrimas von ihm herunter. Es krachte fürchterlich, als die beiden Todbringer auf dem Eis aufschlugen. Ein Spinnennetz aus Rissen zog sich durch die oberste Eisschicht.

Sofort war Letifer wieder auf den Beinen und setzte seinen Artgenossen nach. Sekais Schwert lag ein paar Meter entfernt, es musste ihm beim Aufprall abhandengekommen sein. Dennoch thronte der graue Todbringer über Lacrimas und schlug ihm mit der Faust ins Gesicht. Ein wütendes Stöhnen entfuhr diesem, bevor er den nächsten Schlag mit einer Hand abfing und Sekai im selben Moment seine Sichelklinge in den Oberschenkel rammte. Sekai schrie auf und kippte zur Seite. Blut strömte aus Lacrimas' Nase, als er sich aufsetzte und seine langen Finger nach Sekais Kehle ausstreckte. Doch bevor er ihn zu fassen bekam, schleifte Letifer ihn an den Beinen zurück und ließ ihn über das Eis segeln. Mit großen Schritten folgte er ihm; Blutzunge sauste bereits auf ihn nieder, aber Lacrimas wälzte sich blitzschnell zur Seite, umklammerte mit seinen Beinen Letifers Knöchel und brachte ihn zu Fall. Der Todbringer fiel rücklings aufs Eis und als sein Kopf hart aufschlug, spürte er augenblicklich, wie das Blut sich um seinen Kopf sammelte. Er sah Sterne, dicht gefolgt von Lacrimas' Faust, die ihm den Kiefer brach. Das genügte Lacrimas nicht, erneut schlug er zu, bis schwarzes Blut seine Fingerknöchel benetzte. Er holte zu einem weiteren Schlag aus, doch im nächsten Moment steckte ihm seine eigene Sichel im Kehlkopf und er stolperte röchelnd von Letifer hinunter. Stattdessen war nun Sekai über ihm und zog ihn auf die Füße.

Letifer blinzelte, bis sich die geplatzten Äderchen in seinen Augen wieder zusammenfügten und der rote Schleier allmählich aus seinem Sichtfeld verschwand. Dann wischte er sich über das blutbesudelte Gesicht, hob seine Waffe auf und beobachtete, wie Lacrimas sich auf allen vieren davonschleppte. Eine schwarze Blutspur und Sekai, Silberdorn in der Hand, folgten ihm über das Eis.

Lacrimas stöhnte etwas und ein Portal aus Finsternis öffnete sich vor ihm.

»Kriechst du in die Unterwelt, du feige Made?«, spie Sekai aus. Mit einem Ruck riss er Lacrimas die Sichel aus dem Hals und warf sie durch das Portal, woraufhin sie lautlos auf der anderen Seite verschwand.

Ein tonloses Lachen schüttelte Lacrimas, während mit jedem Atemzug Blutblasen aus der Wunde an seiner Kehle hervortraten. Sie verschloss sich langsam, als er schließlich zu Sekai aufblickte. »Und du nennst dich einen Todbringer?«

Der Blick des grauen Todbringers fiel auf die Blutuhr an Lacrimas' Gürtel. Er hob die Waffe, aber Letifer war bei ihm und ergriff seinen Schwertarm.

Lacrimas zögerte keine Sekunde und verschwand ungelenk durch das Portal, während sich Sekai von Letifer losriss.

»Wieso hast du mich aufgehalten?«

»Das willst du nicht wirklich.«

Sekai schnaubte. »Du weißt nicht, was ich will.« Mit diesen Worten wandte er sich ab und sprang durch den finsteren Riss in der Realität.

Fluchend folgte Letifer ihm. Unsichtbare Kräfte zogen und zerrten an ihm, ehe er wieder festen Boden unter den Füßen hatte. Der leicht modrige Geruch der Unterwelt stieg ihm in die Nase, stickig im Vergleich zur eisigen Bergluft. Sekai war bereits aus seinem Blickfeld verschwunden, aber er konnte noch seine Schritte hören und folgte ihm durch die Höhlengänge. Es überraschte Letifer nicht, dass sie im Thronsaal wieder aufeinandertrafen.

Ein paar Schritte hinter Sekai blieb Letifer stehen und schaute in die Runde. Alle Todbringer waren hier, einschließlich Retsinis, dessen linkes Auge nach dem Angriff des Todes erblindet war. Die frische Narbe teilte seine Augenbraue und leuchtete regelrecht auf der sonst bleichen, makellosen Haut. Er fixierte Sekai mit seinem sehenden Auge voller Hass und einem Hauch von Triumph. Die Todbringer hatten ihn erwartet.

In einer fließenden Bewegung erhob sich Azef aus seinem steinernen Thron. Seine blutrote Robe hob ihn von allen anderen ab.

»Du hast dich also gegen deinesgleichen gewandt«, sagte er kalt, als er sich langsam zu Sekai herumdrehte. Azefs Blick glitt kurz über Letifer, der sich in den Schatten hielt, ohne Blutzunge wegzustecken.

»Ihr habt euch zur Genüge eingemischt. Ich bin keinem von euch Rechenschaft schuldig.« Sekai sah die Todbringer der Reihe nach an. »Lacrimas hat mir aufgelauert«, presste er dann hervor. »Und Zoen hat einen Sterblichen getötet, der noch nicht an der Reihe war.«

Mit ungerührter Mimik breitete Azef seine Arme aus, die Handflächen zur Decke gedreht, als wollte er sagen, dass es sich nur um eine unvermeidliche Begleiterscheinung handelte.

Augenblicklich konnte Letifer spüren, wie sich die Energie im Raum veränderte.

Sekai hob sein Schwert und richtete die Spitze auf Azef. Der Blick des weißhaarigen Todbringers verfinsterte sich und er ließ die Hände sinken. Seine Klauen waren gefährlich gespreizt.

»Das wagst du nicht«, sagte Azef gefährlich leise.

Hätte Letifer geblinzelt, hätte er nicht gesehen, wie schnell Sekai ausholte. Azef stand weit genug weg, dass ihn nur die

Spitze der Klinge traf, aber sie zeichnete einen bösen Schnitt über seine Wange. Hinter ihm waren die Todbringer aufgestanden und beobachteten starr, wie Azef eine Hand an die Wunde hob. In Retsinis' entstelltem Gesicht konnte Letifer so etwas wie Begeisterung erkennen. Die gebogenen Messer lagen schon in seinen Händen.

Dann sagte Azef:»Du bist zu weit gegangen.« Und als wäre es ein Kommando, setzten sich alle Todbringer auf einmal in Bewegung – auch Letifer. Er eilte an Sekais Seite, parierte einen Hieb von Lacrimas und drängte ihn zurück, während Sekai es mit Retsinis und Zoen aufnahm.

Rusalka stürzte sich mit ihren Krallen auf Letifer, doch er schaffte es, auszuweichen, und rang sie zu Boden. Sofort schlug sie mit gefletschten Zähnen nach ihm aus wie ein in die Ecke gedrängtes Raubtier.

»Du gehst mit ihm unter, Verräter«, fauchte sie.

In diesem Moment ging Lacrimas wieder auf ihn los, aber Letifer reagierte, indem er Rusalka mit sich auf die Füße riss und sie in die Arme des mondäugigen Todbringers stieß.

Als er sich umwandte, sah er, dass Azef, Retsinis und Zoen seinen Gefährten umzingelt hatten. Gegen die drei gnadenlosen Todbringer hatte er alleine keine Chance. Letifer holte mit dem Arm aus und Blutzunge malte einen blutigen Halbkreis durch die Luft, als die Klinge Retsinis' Kopf von den Schultern trennte. Der Körper des Todbringers sackte zu Boden, während der Kopf davonrollte und sich am anderen Ende des Raumes zu einer zähen Flüssigkeit zersetzte, als verfaulte er mitsamt dem Schädel im Zeitraffer.

»Schluss jetzt!«, befahl Letifer mit seiner Grabesstimme und tatsächlich hielten alle Todbringer einen Moment lang inne, als sie Retsinis' vorübergehend leblosen Körper am Boden anstarrten. Es würde eine Weile dauern, bis sein Kopf nachgewachsen war.

Azefs Augen schienen von innen heraus zu glühen, als er Letifer anstarrte. Seine Lippen zitterten leicht, als könnte er seine Wut nur schwer zurückhalten. Doch er sagte nichts, stattdessen wartete er darauf, dass Letifer sich erklärte.

»Wir werden keinen Kampf wegen eines Menschen ausfechten. Ich bin mir sicher, der Tod wäre von diesen Auseinandersetzungen nur mäßig begeistert«, begann Letifer und sah dabei eindringlich in die Runde. Lacrimas und Rusalka standen dicht hinter ihm, bereit zum Angriff. »Gebt Sekai Zeit, es selbst zu beenden.« Nun sah er seinen Gefährten direkt an. »Oder ich tue es.«

Sekai biss die Zähne zusammen, während ihm noch immer Zoens Arme um die Brust und Azefs Klinge am Hals lagen.

Am liebsten hätte Letifer sie alle einfach stehen und den Konflikt alleine austragen lassen, doch sein Stolz hielt ihn davon ab, sich rauszuhalten, und er rührte sich nicht von der Stelle. Schweigend erwiderte Azef seinen Blick, dann senkte er die Waffe und gleich darauf ließ Zoen Sekai los.

»Bis zum Tagesanbruch ist sie tot«, sagte Azef nur. Sein Tonfall war erbarmungslos. Dann nickte er den anderen zu und einer nach dem anderen verließen die Todbringer den Thronsaal, bis Letifer und Sekai allein zurückblieben.

»Ich weiß es zu schätzen, dass du mir zur Seite gestanden –«

Krrrack.

Sekais Rippen knackten, als Letifer ihn mit voller Wucht gegen die Höhlenwand drückte. Er war ihm so nah, dass sich ihre Nasenspitzen beinahe berührten.

»Ich bin auf niemandes Seite, hast du das verstanden?«

Zur Antwort rang Sekai nach Luft.

»Siehst du, was alles passiert ist, seit du einen Auftrag des Todes missachtet hast?« Letifer ließ ihn los und entfernte sich ein paar Schritte von ihm. »Wenn du so weitermachst, versichere ich dir, dass noch mehr Menschen sterben werden.«

Sekai erwiderte Letifers Blick finster. »Ist das etwa eine Drohung?«

»Eine Warnung. Noch einmal werde ich die anderen nicht aufhalten können. Und ich will es auch nicht mehr.« Letifer schaute auf Retsinis' langsam heilenden Körper hinab. Das würde Konsequenzen haben. Dann stieg er über ihn und verließ ohne ein weiteres Wort den Thronsaal.

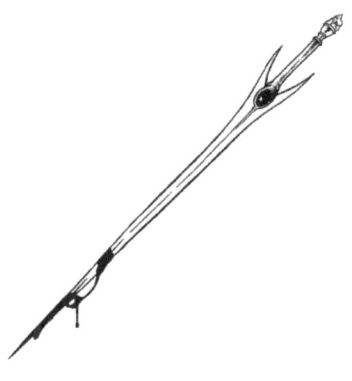

7

DIE LETZTE NACHT

Unweit von ihm drangen Stimmen und Lachen an Letifers Ohren. Eine einzelne Motte schwebte an ihm vorbei, kreiste kurz über ihm und flatterte dann wieder auf das Sonnenlicht zwischen den grauen Bäumen zu, zur Lichtung des Hexenzirkels.

Gedankenverloren kauerte Letifer auf einem Felsen und lauschte den Geräuschen des Lebens um ihn herum. Die Momente, in denen er es mit jeder Faser bewusst wahrnahm, waren über die Jahrhunderte selten geworden. Die jüngsten Ereignisse hatten das jedoch geändert. Es war seltsam, von Leben umgeben, aber kein Teil davon zu sein. Nein, er war nur das Ende.

Schritte rissen Letifer aus seinen Gedanken. Er rührte sich nicht, als sich eine der Hexen aus dem Wald näherte. Sie entpuppte sich als Hereli; unter einem Arm trug sie mehrere Äste und Zweige, in der anderen Hand schwang ein Korb voller verschiedener Früchte, die sie irgendwo weiter weg am Waldrand gesammelt haben musste, wo die Pflanzen noch ungehindert von der Magie der Hexen wuchsen.

Hereli sah ihn nicht, als sie an ihm vorbeiging, aber sie schien seine Gegenwart zu spüren, denn sie hielt kurz inne und schaute in den Wald hinein – ungefähr zu der Stelle, an der er saß.

»Noch nicht«, flüsterte sie.

Letifer beugte sich überrascht vor und beobachtete, wie sie sich zögerlich wieder herumdrehte, um zu ihrem Lager zurückzukehren.

»Noch nicht«, wiederholte Letifer zustimmend, während Hereli zwischen den Bäumen verschwand. Seine Gedanken wanderten zu Sekai. Nein, Herelis Zeit war noch nicht gekommen. Heute war es an der Zeit für Ilayn, diese Welt zu verlassen.

Der Abend war nicht mehr fern und Letifer schickte sich an, nach Windfall aufzubrechen. Ein Teil von ihm bereute, dass er gedroht hatte, Ilayns Seele selbst zu holen, wenn Sekai es nicht tat. Eigentlich wollte er mit der ganzen Geschichte nichts mehr zu tun haben. Aber er war sich nicht sicher, ob Sekai es durchziehen würde. Im Gegenteil.

»Orcus«, flüsterte Letifer. Zwischen den grauen Bäumen öffnete sich ein Tor und kaum war er hindurchgetreten, fand er sich auf den Klippen über Windfall wieder. Salzige Böen empfingen ihn und ließen seine langen Haare wie Ölschlieren durch die Luft wabern. Über dem Meer brach bereits die Abenddämmerung herein, rote Schleier zwischen zartgrauen Wolken. Eine seltsame Ruhe ergriff Letifer, als er begann, die windschiefen Stufen in die Stadt hinabzusteigen.

Viele Menschen genossen die Abendstunden, indem sie draußen vor ihren Häusern saßen, helle Säfte tranken und sich ausgelassen unterhielten. Niemand von ihnen ahnte, dass ein Todbringer ihren Weg kreuzte und noch heute Nacht jemand aus ihrer Gemeinschaft sterben würde.

Als die Taverne in Sicht kam, wusste Letifer bereits, dass sie verwaist war. Hinter den dunklen Fenstern war kein Herzschlag zu hören. Als er an dem Haus vorbeiging, verriet ihm ein Blick, dass alle Stühle auf den Tischen standen und der Bereich hinter der Theke leer war. Es überraschte Letifer nicht; er ahnte, wo Sekai und Ilayn hingegangen waren. Und tatsächlich, als er wenig später über den Strand lief, sah er im Näherkommen die beiden vertrauten Silhouetten hinter dem Klippenvorsprung sitzen.

Sekai bemerkte ihn zuerst und beobachtete grimmig, wie der Todbringer näherkam. Ob unbewusst oder nicht, seine Hand lag auf dem Schwertgriff.

Letifer entging es nicht. »Willst du etwa das Schwert gegen mich erheben?« Er hob eine Augenbraue.

Bevor Sekai etwas sagen konnte, hob Ilayn den Kopf. »Ihr werdet nicht meinetwegen gegeneinander kämpfen.«

»Ich bin auch nicht hier, um zu kämpfen«, sagte Letifer und sein Umhang bauschte sich auf, als er sich zu ihnen setzte. Er schaute aufs Meer hinaus, wo die scharlachrote Sonnenscheibe gerade das Meer küsste. Immer schneller versank sie hinter dem Horizont.

»Warum bist du gekommen?«, fragte Sekai, obwohl er es längst wusste.

»Eure Gesellschaft ist mir nicht zuwider«, antwortete Letifer mit der Andeutung eines Lächelns, ehe er Sekai ansah. Der Todbringer zeigte keine Regung. In seinen grauen Au-

gen fand Letifer etwas, das er noch nicht kannte, aber zu-
ordnen konnte er es auch nicht.

»Ich weiß, dass ihr hier seid, um mich zu holen«, sagte Ilayn
schließlich. Ihre Stimme war erschöpft, aber frei von Furcht.

Sekai stand auf und begann, unruhig hin und her zu laufen. »Es ist nicht richtig.«

»Dass meinetwegen jemand anderes zu Tode gekommen
ist«, gab Ilayn zurück, »*das* ist nicht richtig.«

Letifer musterte sie von der Seite. Er hatte nicht erwartet,
dass sie mehr Einsicht beweisen würde als sein Artgenosse.

Sekai blieb stehen und starrte Ilayn an. »Wie kann dir
dein Schicksal so gleichgültig sein?«

»Natürlich ist es mir nicht gleichgültig. Sekai.« Sie seufzte
und erhob sich ebenfalls. »Was würde ich darum geben, noch
zahllose Sonnenuntergänge zu sehen?« Sie lächelte wehmü-
tig, als sie dem Todbringer gegenüberstand. »Ich weiß ja nicht
einmal, wie die Welt jenseits dieser Klippen aussieht.«

»Ich kann sie dir zeigen«, bot Sekai an, aber er klang selbst
nicht überzeugt davon, dass es möglich wäre.

Ilayn lächelte zu ihm auf. »Das wäre schön.«

Langsam stand Letifer auf, während er dabei zusah, wie
Sekai Ilayns Hände ergriff. »Dann lass uns fortgehen.«

»Die Vorstellung gefällt mir.« Einen Moment lang war nur
das Rauschen des Meeres zu hören. Dann schüttelte Ilayn
sacht den Kopf. »Aber es wird eine Vorstellung bleiben. Du
weißt, ich wollte nie fort von hier. Es ist nur folgerichtig, dass
es hier endet.«

Sekai schwieg und eine Falte grub sich zwischen seine
Augenbrauen. In seine Mimik schlich sich die Gewissheit,

dass er machtlos war. Letifer legte den Kopf schief, als er versuchte, sich dieses Gefühl vorzustellen. Aber wie konnte er das? Er gehörte zu den mächtigsten Wesen, die zwischen den Welten wandelten.

»Diese letzte Nacht haben wir noch«, sagte Sekai.

Letifer nickte. »Sie gehört euch.«

Er kehrte ihnen den Rücken zu und begann, den Strand entlangzulaufen. Die leisen Stimmen der beiden verklangen hinter ihm und zurück blieben nur das Wellenrauschen und eine Stille in seinem Innern, die Letifer sich nicht erklären konnte.

Die zwei Monde erhellten den Himmel. *Wie poetisch*, ging es Letifer beinahe spöttisch durch den Kopf. Bedeutungsvolle Dinge ereigneten sich in Zweimondnächten. Aber es schien ihm ein passendes Ende für die Geschichte von Sekai und Ilayn zu sein.

Im Licht der Monde schimmerte das ruhige Meer grün und silbern. Eine täuschend friedliche Nacht.

Schier endlos schien sich der Sand vor ihm auszubreiten. Er könnte einfach immer weitergehen – es wäre nicht das erste Mal, dass er halb Omra zu Fuß umrundete. Wenn man eine Ewigkeit zur Verfügung hatte ...

Nicht heute Nacht. Langsam verschwanden die Sterne vom Himmel, als er sich Nuance um Nuance aufhellte. Es wurde Zeit.

Sekai und Ilayn lagen sich in den Armen, als Letifer aus den Schatten der Klippen hervortrat. Obwohl eigentlich nicht er, sondern der bevorstehende Sonnenaufgang ihr Ende war, schien seine Anwesenheit die beiden aufzurütteln.

»Die Zeit lässt sich nicht anhalten«, sagte Ilayn, während sie sich langsam von Sekai löste.

»Nein«, stimmte dieser zu. »Diese Macht habe ich nicht.« Ihre Hände verschränkten sich ineinander.

Ilayns Augen verloren den Fokus, als sie ins Leere starrte. »Letzte Nacht habe ich den Geist meines Mannes gesehen. Er ruft mich zu sich«, sagte sie und holte tief Luft. »Es ist Zeit für mich, zu gehen.«

Letifer nickte, wie um ihre Worte zu bekräftigen. Sekai schaute ihn an, dann wanderten sein Blick und seine Hand zu der Blutuhr an seinem Gürtel. Das Blut schwappte in dem von Knochen umschlungenen Glas.

»Ich wünschte, ich müsste das nicht tun, Ilayn«, sagte er, als er die Hand fest um die Blutuhr schloss. Aber noch weniger schien er zu wollen, dass es jemand anderes tat.

»Ich weiß«, erwiderte sie. Sie stellte sich auf die Zehenspitzen, um den Todbringer ein letztes Mal zu küssen. Im selben Moment wendete Sekai die Blutuhr und die dunkle Flüssigkeit begann unaufhaltsam durch die schmale Mitte des Gefäßes zu rinnen.

Ilayn ließ Sekai los. Sie nickte Letifer knapp zu, bevor sie ohne ein weiteres Wort den Strand hinunterging. Ihre Schritte wurden nicht langsamer, als sie ins Meer hineinwatete, wo die sanften Wellen sie empfingen. Das fast schwarze Wasser umschlang ihren Körper wie eine Umarmung. Letifer konnte nicht umhin, die bittersüße Schönheit des Augenblicks zu bewundern.

Wie versteinert beobachtete Sekai das Meer, das seine Geliebte nach und nach verschlang. Wenige Sekunden später war sie untergetaucht und der letzte Tropfen in der Blutuhr gefallen. Ilayn tauchte nicht wieder auf.

Als das erste Morgenlicht langsam über die Klippen kroch, war Sekai fort.

Letifer blieb. Noch eine ganze Weile betrachtete er das Meer.

In den nächsten Tagen und Nächten wandelte Letifer allein durch Omra. Etwas hatte sich an der Eintönigkeit des Tötens verändert. War es Sekais Abwesenheit? Oder erschienen ihm die Leben, die er beendete, neben Ilayns bedeutungsvollem Tod einfach nur blass? Die Welt drehte sich weiter.

Und die Unterwelt. So hoffte Letifer zumindest, als er nach einer langen Nacht dorthin zurückkehrte. Heute stand ihm nicht der Sinn nach einer weiteren Auseinandersetzung mit seinen Artgenossen.

Er konnte Stimmen ausmachen, als er tiefer hinabstieg und sich dem Thronsaal näherte. Auch die anderen Todbringer bemerkten sein Kommen, denn sie verstummten, noch bevor er den Raum betrat. Retsinis' hasserfüllter Blick traf ihn als Erstes. Die Enthauptung hatte er nicht vergessen, doch er verkniff sich einen Kommentar und kippte stattdessen den Inhalt seines Kelchs in einem Zug runter. Eines Tages würde sich Retsinis für diese Erniedrigung rächen, das wusste Letifer. Aber wenn es soweit war, würde er vorbereitet sein.

»Letifer«, grüßte Azef. Er prostete ihm mit seinem Kelch zu. »Komm und trink mit uns.«

Alle Todbringer waren da – bis auf Sekai. Wenig überraschend.

»Ich habe keinen Durst«, gab Letifer desinteressiert zurück. Er marschierte auf den Gang zu, der zu seinen Gemächern führte.

»Ist es getan?« Azefs schneidende Stimme ließ ihn noch einmal innehalten. Die Frage war überflüssig; wüssten sie nicht, dass die Sterbliche dahingeschieden war, wären sie sicher hinter Sekai her, anstatt hier zu sitzen. Aber Azefs selbstgefälliger Blick verriet, dass er sich die Genugtuung, es mit eigenen Ohren zu hören, nicht entgehen lassen wollte.

»Ja.« Letifer wandte den Kopf. »Warum fragst du nicht Sekai?«

Missbilligend schnalzte Azef mit der Zunge und trank einen Schluck Wein. »Er geht uns besser aus dem Weg, bis er die Gunst des Todes wiedererlangt hat.«

Zoen nickte zustimmend und Retsinis fletschte die Zähne, als hätte er am liebsten einen weiteren Kampf angezettelt. Geistesabwesend hob er die Hand zu der frischen Narbe an seinem blinden Auge. Auch dafür würde er Rache nehmen.

»Dass es überhaupt so weit kommen konnte«, fügte Rusalka herablassend hinzu. »Wegen einer Sterblichen.« Sie schüttelte den Kopf. Neben ihr lachte Lacrimas in sich hinein.

Letifer musterte die Todbringer kurz, ehe er sie allesamt sitzenließ. Er wusste, weshalb er so selten mit ihnen verkehrte. Todbringer waren nicht für Gesellschaft gemacht – oder sie waren schlechte Gesellschaft.

Glücklicherweise blieben ihre Stimmen bald hinter ihm zurück. Überrascht bemerkte Letifer den Lichtschein, der am

Ende eines Ganges zu seiner Linken flackerte. Sekais Gemächer. Er war also dort.

Nach kurzem Zögern betrat Letifer den Gang und ging auf die eiserne Tür zu, die halb offen stand. Das warme Kerzenlicht trotzte dem konstanten grünlichen Schimmern der Unterwelt. Vor der Tür blieb Letifer stehen. Was tat er hier eigentlich? Da ertönte Sekais Stimme:»Kommst du nun rein oder willst du als mein Türwächter anheuern?«

Schweigend öffnete Letifer die Tür ein Stück weiter und lehnte sich mit verschränkten Armen in den Durchgang. Sekai saß auf seinem Stuhl aus schwarzem Holz, Leder und Nieten und polierte sein Schwert. Vor ihm auf dem Tisch lag eine verwelkte Blume. *Galeatris.*

»Was verschlägt dich hierher?«, fragte er, ohne Letifer anzusehen.

»Langeweile.« Letifer zuckte mit den Schultern und machte langsam einen Schritt in den Raum hinein. »Gewohnheit.«

»Ah«, machte Sekai. Er legte Silberdorn und das Tuch weg, bevor er schließlich aufsah. »Also alles wie immer, nicht wahr?«

Die Spitze in Sekais Worten entging Letifer nicht. Sein Blick fiel auf die tote Küstenblume. »Beschäftigt sie dich noch immer? Ilayn?«

Sekai schloss die Augen und blies die Luft aus der Nase. »Sag nicht ihren Namen. Ich will ihn nicht mehr hören.«

Letifer hob eine Augenbraue.

»Was willst du hier, Letifer?«

»Ich habe einen Auftrag in der Gelben Bucht. Ich war lange nicht mehr dort, aber der Wein in der Gegend gehört zu den besten Omras, daran erinnere ich mich. Ich hätte nichts dagegen, wenn du mich begleitest.«

»Wie verlockend«, gab Sekai spöttisch zurück. Er griff nach Silberdorn und schob die schmale Klinge schwungvoll in die Scheide an seinem Gürtel. »Aber ich gehe lieber eigenen Aufträgen nach. Es ist besser, wenn wir getrennte Wege gehen.« Er trat an Letifer vorbei, doch bevor er den Raum verließ, hielt er noch einmal inne.

Letifer drehte sich halb zu ihm herum und wartete darauf, dass Sekai etwas sagte. Die Härte war aus seiner Stimme gewichen, als er sprach.

»Was glaubst du, wohin unsere Seelen gehen, wenn wir sterben?«

Letifer nahm sich einen Augenblick, um über die absurde Frage nachzudenken. »Ich glaube nicht, dass wir eine Seele haben«, erwiderte er dann finster. »Wenn wir überhaupt jemals sterben.«

»Ich schon«, sagte Sekai, aber er klang nicht überzeugt. Er klang wie in der Zweimondnacht, als er Ilayn vorgeschlagen hatte, gemeinsam fortzugehen. Als würde er von einer Realität sprechen, von der sie beide wussten, dass sie nicht existierte. »Denn wenn ich es nicht glaube, dann ...« Er schluckte und setzte erneut an. »Das hieße, dass ich sie niemals wiedersehe.«

Mit einem Ruck setzte er sich in Bewegung und seine grauen Gewänder folgten ihm hinaus. Letifer ließ ihn gehen und fragte sich das Unmögliche: ob Todbringer doch imstande waren, etwas zu fühlen.

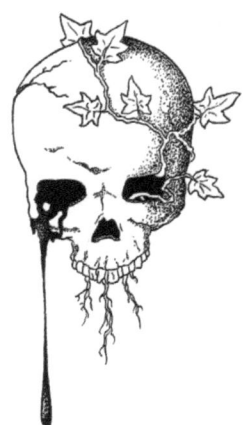

EPILOG

Das Kerzenlicht war schon von Weitem zu sehen; einsam flackerte es zwischen den Bäumen hindurch, fast so, als wollte es ihm den Weg weisen.

Letifer folgte dem schmalen Bachlauf auf die Lichtung und näherte sich der schwarzen Hütte. Sie schien beinahe unwirklich im Licht des Grünen Mondes. Mit jedem Schritt, den er darauf zu machte, wurde das Gefühl einer anderen Präsenz deutlicher. In der Hütte wartete keine Normalsterbliche auf ihn. Es war eine Hexe.

Das Grillenzirpen um ihn herum verstummte, während Letifer die Lichtung überquerte. Das tat der friedlichen Atmosphäre jedoch keinen Abbruch. Das Plätschern des Wassers und der sternenklare Himmel über ihm blieben von seiner Anwesenheit völlig ungerührt. Auch die Kerze, die das Fenster erhellte, wiegte sich nun ruhig hin und her.

Einen Moment lang blieb der Todbringer stehen und betrachtete die Hexenhütte. Ein Rosenbusch kletterte an der Außenwand hinauf und er konnte Motten daran herumflattern sehen. Im Licht der zwei Monde warfen die Dornenranken ein bizarres Schattengeflecht auf das nahezu schwarze Holz.

Letifer umklammerte seine Blutuhr und ging weiter. Er machte sich nicht die Mühe, anzuklopfen. Doch als er eintrat, wirkte die alte Frau, die drinnen vor ihrem Kamin am Tisch saß, alles andere als überrascht. Seelenruhig nippte sie an ihrem Tee, erst dann hob sie den Kopf, um ihn anzusehen. Obwohl ihr Gesicht inzwischen von Furchen gezeichnet und die Haare vollständig ergraut waren, hatte Letifer keine Mühe, die Hexe wiederzuerkennen.

»Ich wusste, dass Ihr mich eines Tages holen kommen würdet«, sagte Hereli seelenruhig. Ihre einstmals jadegrünen Augen waren milchig geworden, dennoch schienen sie ihn direkt anzusehen. »Vor vielen Jahren habe ich dem Tod ein Schnippchen geschlagen. Aber es wird Zeit, nicht wahr? Ich bin müde.«

Wie viele Jahrzehnte war es her, dass er ihren Hexenzirkel ausgelöscht hatte? Dass er sie zuletzt mit ihrem neuen Zirkel im Grauen Wald gesehen hatte? Sie musste tatsächlich ungewöhnlich alt geworden sein. Letifer kam nicht umhin, sich einzugestehen, dass auch er insgeheim gehofft hatte, derjenige zu sein, der Hereli aus dem Leben holte. Nicht, weil er einen Groll gegen sie hegte, es schien ihm nur folgerichtig, dass er derjenige sein musste, der es tat. Ein Kreis, der sich schloss, hier und jetzt. Eine seltsame Unruhe ergriff ihn, die er sich nicht erklären konnte. Es fühlte sich nicht nach einem Ende an, mehr nach einem Anfang.

Vielleicht spürte die Hexe es, denn ihre Mundwinkel zuckten sacht nach oben. »Eines noch, bevor ich mit Euch gehe.«

Das Licht der zwei Monde, das durch die Fenster und zur offenen Tür hereinfiel, verlieh ihren zahlreichen Falten ein seltsames Eigenleben. Fast schien es, als hätte sie mehr als nur ein Gesicht.

Hexen, ging es Letifer durch den Kopf. Seltsame, faszinierende Geschöpfe. Erwartungsvoll sah er sie an.

»Eines Tages wartet auch auf eine Kreatur wie Euch Erlösung«, begann Hereli kryptisch. Sie sah ihn direkt an und ihre Augäpfel rollten nach hinten, sodass nur noch das Weiß zu sehen war. »Ihr werdet eine Flamme aus dem Feuer holen und wenn sie in den Wäldern brennt, dürft Ihr sie nicht löschen.«

Letifer zog die Augenbrauen zusammen. Was wollte sie ihm damit sagen? Sicher war es nur Geschwätz, eine letzte falsche Weissagung, bevor die Hexe aus diesem Leben gehen musste. Wahrscheinlich lachte sie bereits in sich hinein, weil sie den Todbringer mit einem Rätsel zurückließ. Er machte sich nicht die Mühe, nach der Bedeutung der Worte zu fragen, denn er wusste, dass sie ihm keine Antwort geben würde. Aus irgendeinem Grund musste Letifer an Sekai denken. Der graue Todbringer mochte Rätsel und wäre dem Ganzen sicherlich gerne auf den Grund gegangen. Aber in den letzten Jahrzehnten hatte sich zwischen ihnen alles verändert. Sie waren keine Gefährten in der Welt der Sterblichen mehr. Nun waren sie Einzelgänger, wie all die anderen Todbringer. Vielleicht hatte es so kommen müssen.

Die Augen der Hexe rollten in ihre natürliche Position zurück und sie blinzelte, als müsste sie sich selbst wieder orientieren, obwohl sie ohnehin blind war.

»Ich denke, ich bin nun bereit, Euch zu begleiten«, sagte sie mit einem Nicken.

Letifer neigte den Kopf zum Abschied. Dann wendete er die Blutuhr und kehrte Hereli den Rücken zu, damit sie in Ruhe ihr Leben aushauchen konnte. Der Todbringer trat in die Nacht hinaus und beobachtete die Glühwürmchen, die über dem Bach tanzten, während er auf die Seele der Hexe wartete.

Ein friedlicher Ort, um zu sterben, dachte er, als der letzte Tropfen in der Blutuhr fiel.

DANKSAGUNG

Mein Dank gilt besonders denjenigen, die bereits meinen Roman »Deathbound« gelesen und geliebt haben. Ich gebe zu, ich habe diese Novelle in erster Linie für mich geschrieben, weil die Charaktere mich nicht loslassen wollten und ihre Geschichte noch nicht ganz zu Ende war. Aber ohne euch und eure Begeisterung für »Deathbound« wäre die Vorgeschichte von Letifer und Sekai vielleicht nie auf Papier auserzählt worden, denn ich weiß, ein Spin-off dieser Art wird keine Masse an Lesenden anziehen. Aber euch – also, falls ihr das hier lest: Ich freue mich, dass ihr euch erneut mit mir nach Omra und in die Unterwelt gewagt habt, um ein bisschen mehr über unsere Lieblings-Todbringer zu erfahren.

Ich grüße an dieser Stelle natürlich die üblichen Verdächtigen, die mir unterstützend zur Seite gestanden haben. Danke, dass ihr mir helft, meine Träume zu verwirklichen.

Und wenn auch Du, liebe:r Leser:in, mich unterstützen willst: Teile gerne deine Meinung in Online-Shops, auf Social Media oder sprich mit anderen Lesebegeisterten über meine Geschichten – all das ist mir eine große Hilfe!

ÜBER DIE AUTORIN

🌐 www.jessicaiser.de

📷 @awritingwitch

Jessica Iser wurde 1991 in Südhessen geboren. Schon in jungen Jahren hielt sie ihre blühende Fantasie mit Hilfe von Wörtern und Zeichnungen auf Papier fest. Heute widmet sie als Autorin und Bibliothekarin einen Großteil ihres Lebens den Büchern. In ihren Geschichten ist sie im Bereich der dunklen Phantastik von Urban Fantasy bis Horror unterwegs. Ihr Debütroman »Deathbound« wurde für den Phantastikpreis Seraph 2022 in der Kategorie »Bester Independent-Titel« nominiert.

WAGST DU DICH NOCH EINMAL HINAB IN DIE UNTERWELT?

Begleite Letifer und die anderen Todbringer im Roman
Deathbound *bei ihrem Kampf um Liebe und Tod.*

DEATHBOUND

Books on Demand, 01. Oktober 2021
Taschenbuch: 978-3-75-432969-6
E-Book: 978-3-75-432971-9
504 Seiten, illustriert
Genre: Dark Fantasy Romance

Sterben ist ihr Schicksal.
Töten ist seine Bestimmung.
Sie sind durch den Tod verbunden.

Niemand überlebt die Begegnung mit einem Todbringer. Doch als Letifer das Leben der jungen Alys verschont, ahnt er noch nicht, welchen Sog aus Leidenschaft, Hexerei und Gewalt er damit entfesselt. Denn er ist nicht der einzige Todbringer – und Alys nicht die, für die sie sich ihr Leben lang gehalten hat. Während ihre Welt aus den Fugen gerät, muss sie erkennen, dass der Eingriff in ihr Schicksal finstere Konsequenzen hat. Der Überlebenskampf beginnt …

IST LIEBE WIRKLICH STÄRKER ALS DER TOD?

Die Handlung spielt nach der Novelle »Zweimondnächte«,
beide Bücher können jedoch unabhängig voneinander gelesen werden.

PROLOG

Eine kalte Nebelhand legte sich um Leifs Nacken, als er das Haus verließ. Er schauderte bei der flüchtigen Berührung des dichten Schleiers, der ihn umgab.

In der nächtlichen Stille fiel die Tür hinter ihm etwas zu laut ins Schloss, und ein Fluch entfuhr dem alten Weingärtner. Schwer atmend sah er sich um, aber das Dorf ließ sich nicht bei seinem Schlummer stören. Hinter den beschlagenen Fenstern der umliegenden Häuser blieb es dunkel. Die einzige Bewegung kam von dem Nebel, der die Stadtmauern Kralls bedrängte und im schwachen Mondlicht grünlich über den Sümpfen schimmerte. Die Kröten überboten sich mit ihrem Quaken, eine vertraute Geräuschkulisse.

Leif zog sich die Hutkrempe tiefer in die Stirn und ging mit wackeligen Beinen um seine Hütte herum, wo bereits sein Pferd mitsamt der Kutsche auf ihn wartete. Der Rappe schnaubte leise, als er seinen Herrn erblickte. Das Tier wirkte unruhig, woraufhin Leif ihm die Nüstern tätschelte.

»Ganz ruhig, alter Junge«, murmelte er. Er musste aufstoßen und blinzelte ein paar Mal, bis die Welt vor seinen

Augen wieder stillstand. Verdammter Alkohol. »Bald wird es hell. Wir machen uns früh auf den Weg durch den Wald, dann sind wir heute Abend ganz sicher auf der anderen Seite im Städtchen.«

Leif warf einen prüfenden Blick auf die kostbare Ware in seinem Kutschwagen. Gekelterter Wein, den er in seinem eigenen Garten anbaute und von dessen wohlschmeckender Note er sich nur zu gern selbst überzeugte. Die Fässer verkaufte er für gutes Geld in den nächstgelegenen Orten weiter. Doch dafür musste er den Ewigen Wald durchqueren – ein Unterfangen, das die meisten Dorfbewohner scheuten.

»Dann los«, sagte Leif mehr zu sich selbst als zu seinem Pferd und hievte sich auf den Kutschbock. Mit einem Schnalzen ließ der Winzer die Zügel knallen und fuhr über die gepflasterte Hauptstraße zum Stadttor hinaus. Die schützenden Mauern blieben hinter ihm zurück und schier undurchdringlicher Nebel empfing ihn.

Zieht Nebel übers nächtlich' Land, nimmt der Tod die Sense in die Hand, schoss es dem alten Mann durch den Kopf.

In Krall galten neblige Nächte als ein böses Omen. Und zu Recht ängstigten sich die Menschen, die dort lebten. Mehrmals im Jahr, wenn es von den Sümpfen besonders stark nebelte, brach der Tod über sie herein, schlich sich an, ungesehen. Dennoch kursierte die Legende eines monströsen Schattens, größer als jeder Mann im Dorf, der in den Todesnächten umging. Doch niemand derer, die so vehement beteuerten, ihm begegnet zu sein, konnte sagen, wie er ausgesehen hatte. Die einen behaupteten, er habe die Gestalt eines Menschen, andere wiederum glaubten, dass es sich um ein gesichtsloses Ungeheuer handelte. In einem waren sich allerdings alle einig: Sie fürchteten ihn.

Leif schüttelte die Gedanken an das alte Sprichwort und den Aberglauben seines Dorfes ab. Er konnte kaum sein Pferd sehen, obwohl neben ihm am Kutschwagen eine Laterne in ihren Scharnieren hin- und herschwang. Fast hatte es den Anschein, als zöge sich die Kutsche von selbst durch Nacht und Nebel. Nervös ließ der Winzer die Zügel knallen, woraufhin das Pferd in einen schnellen Trab fiel. Dann wurde die Kutsche endlich von den ersten Bäumen des Waldes umringt; hier war der Nebel weniger dicht und Leif atmete auf. Stattdessen ging hin und wieder ein leichter Wind und die frische Luft ließ seine Gedanken aufklaren, indem sie allmählich die Wirkung des Weins vertrieb.

Dafür verdichteten sich die nächtlichen Geräusche, je tiefer er in den Ewigen Wald vordrang. Das entfernte Rufen einer Eule schallte stetig zwischen den Bäumen hindurch und hier und da raschelte es im Gestrüpp, während der Wind die Blätter über Leifs Kopf erzittern ließ. Der Herbst war nah.

Nach einer Weile fragte sich der Weingärtner, wie viel Zeit wohl schon vergangen war. Er hatte das Gefühl, sich bereits dem Herzen des Waldes zu nähern. Doch das war unmöglich; die Morgendämmerung war noch fern. Um ihn herum wuchsen die Pflanzen wild und unzugänglich, aber der Pfad wurde nach wie vor spärlich von der alten Laterne beleuchtet und Leif hielt den Blick stur geradeaus gerichtet. Er hatte diese Kutschfahrt schon so oft hinter sich gebracht, zwar immer mit Unbehagen, doch unbeschadet. Warum sollte es diesmal anders sein?

Im Augenwinkel erhaschte er eine Bewegung. Reflexartig riss Leif an den Zügeln. Sein Pferd wieherte schrill, bäumte sich auf und kam schließlich mitsamt der Kutsche zum Stillstand.

Nervös sah Leif sich um; nichts regte sich außer den Blättern im Wind. Er hätte nicht schon wieder einen über den Durst trinken sollen. Vor allem nicht jetzt, da er den Wald durchqueren musste. Mit einer Hand – schwitzig von seinem zu festen Griff um die Zügel – wischte er sich übers Gesicht und versuchte den trüben Schleier wegzublinzeln, den der Alkohol vor seinen Augen hinterlassen hatte. Ein Schatten erhob sich auf dem Pfad vor ihm.

Mit dem nächsten Augenaufschlag war er verschwunden.

Leif erschauderte. Noch war es nicht zu spät, umzukehren. Sein Blick fiel auf die Weinamphoren im Kutschwagen und er schüttelte den Kopf. Von lächerlichen Hirngespinsten würde er sich nicht zurück ins Dorf jagen und zum Gespött der Leute machen lassen.

Der Winzer trieb sein Pferd erneut an, das Tier jedoch schritt nur zögerlich voran.

»Na komm, mein Junge«, sagte Leif in beruhigendem Ton, woraufhin der Rappe die Kutsche widerwillig vorwärtszog.

In den Schatten, die die Äste auf den Waldboden zeichneten, glaubte der Weingärtner unheimliche Symbole zu erkennen. Er blickte rasch geradeaus, wo sich der zunehmend unwegsame Pfad in die Finsternis hineinwand. Leif versuchte sich zu beruhigen. Keine Höllengestalten sprangen ihn aus dem Dickicht heraus an, und um ihn herum war alles still.

Zu still. Der Ruf der Eule war verstummt und selbst der Wind hatte sich gelegt.

Ohne dass Leif es gemerkt hatte, war seine Kutsche wieder zum Stehen gekommen. Das Pferd wieherte leise und wollte rückwärtsgehen – denn vor ihnen versperrte eine Gestalt den Weg. Als Leif diesmal blinzelte, verschwand sie nicht.

Einige Meter von der Kutsche entfernt stand die zwei Meter große Erscheinung reglos auf dem Pfad. Ein Umhang verhüllte die Gestalt und das Gesicht lag im Schatten der Kapuze. Leif überlegte, ob er dem Mann zurufen sollte, doch seine Stimme und sein Atem stockten vor Angst.

Der Fremde hob den Kopf und sah ihn an – mit den düstersten Augen, die der Winzer je gesehen hatte. Dann reflektierten sie das schwache Licht der Laterne und verwandelten sich in eine Höllenglut.

Leif erschauderte und unterdrückte den Drang, aufzustehen und davonzulaufen, einzig und allein, weil es nichts gab, wohin er hätte fliehen können. Die Bäume umzingelten ihn. Dahinter lagen nur lauernde Schatten und Dunkelheit.

Und vor ihm hatte die Nacht Gestalt angenommen.

Der unheimliche Mann hob seinen Arm und in seiner Hand erkannte Leif ein seltsames Objekt; es sah aus wie eine Sanduhr – doch statt Sand schwappte etwas Dunkles, Dickflüssiges darin herum.

Blut.

»Deine Zeit ist um«, dröhnte die unheilvolle Stimme des Mannes durch den Wald und im selben Atemzug wendete er seinen makabren Glasbehälter. Die rote Flüssigkeit schien rasend schnell durch die schmale Mitte zu laufen.

Die Gestalt verschwand und Leif zweifelte augenblicklich an seinem Verstand. Doch ehe er sich aus seiner Schockstarre reißen und davonfahren konnte, bemerkte er, dass jemand neben ihm auf dem Kutschbock saß. Leif wandte den Kopf und schrie auf, als er sich dem Nachtgeschöpf gegenübersah. Es hob einen Finger an die Lippen und im nächsten Moment glänzte eine scharfe Klinge in seiner Hand. Kein Laut kam Leif über die Lippen, als der Mann ihm das Schwert in die Brust rammte. Fast genauso schnell zog er es wieder heraus und der Weingärtner stürzte quälend langsam vom Kutschbock. Das panische Wiehern des Pferdes schrillte noch in seinen Ohren. Und als sich der todbringende Schatten des Fremden über ihn warf, sah Leif zu, wie der letzte Tropfen Blut durch die Taille der gläsernen Uhr fiel.

INHALTSWARNUNGEN

Wenn Du sensibel auf bestimmte Themen reagierst, kann dir diese alphabetische Liste ggf. dabei helfen, dich auf explizite Schilderungen in diesem Buch vorzubereiten. Bitte beachte, dass diese Liste keine Garantie auf Vollständigkeit birgt!

- Blut
- Explizite Gewaltdarstellungen
- Sex
- Tod
- Untote
- Verlust (geliebte Menschen)